朗讀 QR Code 線上音檔

火速啟動
日檢記憶力！

分類
X
關鍵字

引爆連鎖學習網，輕鬆掌握

吉松由美、田中陽子、西村惠子、林勝田、山田社日檢題庫小組

N

5

單
字

超脫日語小白
輕鬆學會日語密技，快速堆疊實力！
生活基礎 N5 單字、會話闖腦門！
簡單關鍵字，輕鬆點燃記憶火花！
50 音玩出新高度！走到哪都是自己的日語學府，打開神奇主題世界！
改變人生，無止境的進步，
日語學習成癮了都怪這神招！

關鍵字是什麼？它啟動你的魔法密碼！它是資訊黃金榨汁機，神奇精華的秘密！讓你能瞬間解鎖複雜內容，省時省力，專注力大爆發，記憶力大躍進！用關鍵字這把魔法鑰匙點擊，腦海就像打開了超大資料庫，串連了無數記憶的星際網，瞬間變成走跳的記憶達人！

面對海量單字，只要掌握關鍵字，就像是找到了寶藏的密碼一樣！輕鬆地把相似的單字聯想在一起，讓你的大腦變成了強大的存儲庫！不用再煩惱忘記單字，只要點擊這些神奇關鍵字，記憶就會像潮水一樣湧現！快來成為這些魔力關鍵字的主人，讓你的單字庫瞬間變得超級無敵強大！

本書精華：

　▲「同類詞超連線」：記憶法大革命，一目瞭然過目不忘！
　▲「膠囊記憶衝擊」：用零碎時間填飽腦袋，輕鬆裝滿記憶體！
　▲「黃金生活例句秀」：即學即用，日本人也讚不絕口！
　▲「超必考 N5 詞彙擴充包」：考試神器，得分高手指日可待！
　▲「耳朵聽語感大挑戰」：鍛鍊聽力，信心滿滿迎接挑戰！

開啟你的日檢新境界！專業又經驗豐富的日檢老師為你打造，高質量內容讓學習輕鬆又高效！單字搭配例句，再加上聰明的關鍵字學習方法，瞬間濃縮學習時間，提升學習成就！

讓您從此擺脫：

　◆ 金魚腦看過就忘！
　◆ 無成就感，半途而廢，永遠看不完！
　◆ 背單字無時間，拖延症纏身！

破解單字學習魔咒，掌握全新學習秘訣，日檢輕鬆攻略！讓你的學習之路煥然一新，成為單字達人輕而易舉！

看過來！好康一次滿足：

★超強同類用語一網打盡——類義詞巧妙運用，記憶膠囊加持，變日語學霸一次到位！

這本書就像個日語寶庫，將 N5 單字按照類義語整理得清清楚楚。不只能幫你輕鬆學會單字用法，還能靠聯想加強記憶，讓你在日語海洋中，輕鬆捕捉相關詞語。就算是那些詞意有點相似的家伙，都不能再混淆你的腦袋。遇到考試的挑戰，這書就像一把神奇鑰匙，打開記憶的大抽屜，隨心所欲運用同類詞彙，N5 單字量大暴增！

★最強搜尋王——50 音順關鍵字主題查詢，撒網串聯整組單字！錯過的單字迅速找回！

書中將所有 關鍵字以 50 音排序，不但可以在想不起單字時快速查詢，且一這書就像你的私人語言搜尋器，所有關鍵字都按 50 音排序，備好你的日常情境查詢。看文章時碰到陌生單字，只需翻本書的搜尋引擎，輕鬆找到相似詞義，學到更多新單字！而且，忘記單字也不怕，一查就能找到整組類似用法，真是簡直搞笑方便！這套排序法簡直是記憶的大救星，讓你的單字遇見過，一次次加深腦袋裡的印象！

★由豐富例句深入理解詞意，大量閱讀打造堅強實力！

每個 N5 單字都有搭配超實用的例句，不僅輕鬆懂單字用法，還能一次練閱讀、文法，連口說都變得滴水不漏！就像大快朵頤一樣，一口接一口，嘴巴吃不停！還有呢，單字類似用法還可以交叉比對，讓你在日語饗宴中逐漸掌握技巧，成為日語達人！閱讀多多，口語更利索，N5 考試，一招制敵！一口咬下，記憶都變香噴噴，打造堅實日語根基，考試無懼、稱霸資格！！

★瞄準查詢好手——50 音索引大作戰，解鎖快速查單字技巧！

快遞目錄！不怕找不到！書末獨家 50 音索引，專業查詢任務交給我！隨時瞄準 N5 單字，一查到底，考試題目不再猶豫！這本書就是你的瑞士刀，解決所有疑問的好幫手！再加上，書本都編按日檢級數，隨你選擇，不怕考試題難搞！

★大咖日文發音——掃掃 QR 碼，自然變學海大神！

日本老師特地錄製音檔，帶你嗨皮學地道日文！掃一掃，好聲音立刻送到，不管你是走路、坐車，還是購物大街，隨時開啟語感盛宴！輕聽多幾遍，成為日語大神！單字連拍，句子跳躍，輕輕一聽，說話自信一整年！讓你說日文，零難度，輕鬆掌握！

想學日語、考個滿分，或是挑戰自己的極限？本書可不是普通後盾，它是你的日語超級護法！掌握重點？沒問題，本書給你一把金鑰匙，直通成功大門！所以，加入我們，讓我們攜手迎戰挑戰，讓你成為日語世界的超級英雄！一起踩在巨人的肩膀上，登上學習的巔峰。迎戰日檢，絕對合格！ Ready ？ Go ！

目錄 もくじ content

類語
單字

N5

あう／会う 見面

【会う】

遇見；碰見；會見；見面；遭遇；碰上
★今晩いつもの公園で会おう／今晩在
老地方的公園碰面吧！

【頂きます】

我開動了★いただきます。これは、おい
しいですね／那我就不客氣了。這個真
好吃呀！

【いらっしゃい】

你來了★君こちらへいらっしゃい／請
您到這邊來。

【いらっしゃいませ】

歡迎光臨；您來了（表示歡迎，為店家的
招呼用語）★いらっしゃいませ、何名様
ですか／歡迎光臨，您有幾位？

【おはようございます】

早安★皆さん、おはようございます！よ
く寝ましたか／大家早安！睡得好嗎？

【こちらこそ】

彼此彼此★こちらこそよろしく／也請您
多指教。

【御免ください】

有人在家嗎；我能進來嗎★ごめんくだ
さい、誰かいらっしゃいますか／抱歉！
有人在嗎？

【今日は】

你好，您好，你們好★こんにちは。どこ
かへ行くのですか／您好，您是要去哪
裡呢？

【今晩は】

晩上好，你好★こんばんは。今日は暑く
てたいへんでしたね／晩上好。今天天
氣熱，很不舒服吧？

【では、お元気で】

那麼，請多保重★さようなら。では、お
元気で／再見了！那麼請多保重！

【どうも】

很（表示感謝或歉意）★どうもすみませ
ん／實在很感謝。

【どうもありがとうございまし
た】

謝謝★どうもありがとうございました／
謝謝，太感謝了。

【初めまして】

初次見面★はじめまして山田です／初
次見面，我是山田。

【呼ぶ】

招待，邀請★結婚式に友だちを呼ぶ／
婚禮邀請了朋友。

あう／合う 合適

【良い・良い】

合適，正好，好；恰當，適當；恰好，湊
巧★ちょうどいい時に来た／來得正是
時候。

【丁度】

正好，恰好★丁度同じ日に／正好在同
一天。

【丁度】

整，正★今 12 時丁度だ／現在正好 12 點。

【乗る】

合拍，配合★リズムに乗る／隨著節奏。

【マッチ】match

調和，適稱，相稱；般配，諧調★自分にマッチした服を着ている／穿搭適合自己風格的衣服。

あける／開ける	打開

【開く】

開，打開★風で窓が開いた／窗戶被風吹開了。

【開ける】

開，打開；推開，拉開★ワインを開けてすぐに飲まないでください／打開紅酒請不要馬上喝。

【鍵】

鑰匙★部屋を鍵であける／用鑰匙打開房間。

【掛ける】

開動（機器等）★エンジンを掛ける／啟動引擎。

【差す】

打，撐，舉，撐開傘等★雨が降っているので、傘をさして行きましょう／因為下著雨，撐傘去吧！

【点ける】

打開★テレビをつけてニュースを見る／打開電視看新聞。

【広い】

放開的★広い視界を持つ／擁有開闊的眼界。

●Track-002

あげる／上げる	起，揚起

【上げる】

舉，抬，揚；懸；起，舉起，抬起，揚起，懸起★手を上げる／抬起手來。

【エレベーター】elevator

電梯，升降機★エレベーターは階段の近くにあります／電梯在樓梯附近。

【起きる】

起床；不睡★朝 7 時に起きる／早上 7 點起床。

【階】

階，階梯★階を上がる／爬到上一階。

【階段】

樓梯，階梯★エレベーターがないので階段を登りました／由於沒有電梯，只好爬樓梯上樓。

【差す】

上漲，浸潤★水が二階まで差す／水淹到二樓。

【立つ】

冒，升，起★煙が立つ／冒烟。

【段段】（だんだん）

樓梯；出入口的石階，台階★石の段段を上る（のぼ）／爬上石階。

【荷物】（にもつ）

貨物，行李★荷物は机の下に置いてください（にもつ・つくえ・した・お）／行李請放置於桌下。

【登る】（のぼ）

上，登；攀登；（溫度）上升★山に登る（やま・のぼ）／爬山。

【乗る】（の）

登，上★屋上に乗る（おくじょう・の）／爬上屋頂。

| あそぶ／遊ぶ | 遊玩 |

【遊ぶ】（あそ）

玩耍，遊戲；消遣；遊歷；遊蕩★男の子が五人、公園で遊んでいます（おとこ・こ・ごにん・こうえん・あそ）／五個男孩子在公園玩耍。

【切る】（き）

洗牌★トランプをよく切って配る（き・くば）／充分洗好牌後發牌。

【公園】（こうえん）

公園★公園にいろいろな鳥が遊びに来ます（こうえん・とり・あそ・き）／許多鳥兒飛來公園嬉戲玩耍。

【暇】（ひま）

閒散★みなさんは仕事中の暇な時間、何をしていますか（しごとちゅう・ひま・じかん・なに）／大家在工作中的空閒時間，都做些什麼事呢？

【マッチ】match

比賽，競賽★タイトルマッチが行われます（おこな）／舉辦錦標賽。

【目】（め）

（網、紡織品、棋盤等的）眼，孔；格，格子★碁盤の目（ごばん・め）／棋盤格。

| あたえる／与える | 給予 |

【上げる】（あ）

給，送給★花を上げる（はな・あ）／贈送花朵。

【言う】（い）

叫作★人は彼女を天使という（ひと・かのじょ・てんし）／人們稱她為天使。

【売る】（う）

賣，銷售；揚名★三つ300円で売る（みっ・えん・う）／三個以三百圓販售。

【お金】（かね）

錢，貨幣★お金を払う（かね・はら）／支付金錢。

【返す】（かえ）

報答；回答；回敬★恩を返す（おん・かえ）／報恩。

【貸す】（か）

借給，借出，出借；貸給，貸出★金を貸す（かね・か）／借錢。

【切手】（きって）

商品券★千円の商品切手（せんえん・しょうひんきって）／千圓的商品券。

【出す】（だ）

出（錢）；供給；花費；供給（物品）；供應（人力、物品）；發（獎金）★奨学金を（しょうがくきん）

出す／提供獎學金。

【出る】
賣出，銷出★よく出る漫画／暢銷漫畫。

【名前】
（給事物取的）名，名字★犬に名前をつける／給狗狗取名字。

【やる】
給予★弟に自転車をやる／買腳踏車給弟弟。

【渡す】
交，付；給，交給；交付★金を渡す／付款。

● Track-003

あたたかい／暖かい	溫暖的

【暖かい】
氣溫暖和；東西的溫度暖和；充滿溫暖★南の風は暖かい。北の風は冷たい／南風溫暖，北風寒冷。

【暑い】
熱的★日本の夏は台湾と同じぐらい暑いです／日本的夏天和台灣一樣熱。

【ストーブ】stove
爐子，火爐，暖爐★少し寒いので、もうストーブをつけました／因為有些冷，已經把暖爐點燃了。

【電気】
電燈★わたしはいつも電気を消して、寝ます／我總是關燈睡覺。

【夏】
夏，夏天，夏季★この森は夏でも涼しい／這座森林在夏天也非常涼爽。

【春】
春，春天★もう春ですね。だんだん暖かくなりますね／已經春天了呢！會漸漸暖和起來吧。

【風呂】
洗澡用熱水★檜風呂が熱い／檜木浴缸裡的洗澡水很熱。

【マッチ】match
火柴，洋火★マッチで火をつけてタバコを吸う／以火柴點菸抽。

あたらしい／新しい	新的

【青い】
不成熟，幼稚★考えが青いよ／思慮不成熟。

【新しい】
新的；新鮮的；時髦的，新式的★新しい野菜／新鮮蔬菜。

【春】
新的一年，新春★元気に春を迎える／朝氣蓬勃地迎接新春。

【緑】
樹的嫩芽；松樹的嫩葉★美しい緑の季節がやってきた／美好的翠綠季節到來了。

【若い】
年輕★若い時は旅行が好きでした／年輕時喜歡旅行。

あつまる／集まる	聚集

【アパート】apartmenthouse 之略
多戶一起分租的公共住宅★もう少し安いアパートもありますが、古いですよ／雖然有比較便宜的公寓，不過是老房子喔。

【一緒】
一起★皆で一緒に考えながら勉強していきました／大家一起邊思考邊學習。

【等】
等等，之類，什麼的★朝は料理や洗濯などで忙しいです／早上要做飯、洗衣等，真是忙碌。

【並ぶ】
排；排成（行列），列隊★駅の前には、小さな店が並んでいる／車站前有成排的小店。

【並べる】
排列；並排，橫排★玄関に靴を並べました／把鞋子擺在玄関了。

【成る】
組成★この漫画は 10 巻から成る／這部漫畫由 10 巻組成。

【問題】
引人注目，受世人關注；應為大眾檢討、撻伐的問題★問題の人／受世人關注的人。

あびる／浴びる	澆、淋浴

【浴びる】
澆；淋，浴；照，曬★スポーツのあとで、シャワーを浴びます／運動後沖了澡。

【被る】
澆，灌，沖★頭から水を被る／從頭頂上澆水。

【シャワー】shower
淋浴器；淋浴★シャワーを浴びる／淋浴。

【バス】bathroom 之略
（西式）浴室，洗澡間★1 階にバスルームがある／一樓有西式浴室。

【風呂】
洗澡★熱い風呂が人気だ／許多人很愛洗熱水澡。

● Track-004

あやまる／謝る	道歉

【御免なさい】
對不起；失禮了；請求原諒★ごめんなさい。私、好きな人がいるんです／對不起，我有喜歡的人了。

【失礼しました】
對不起；失禮，請原諒★失礼しました。この道は違いました／對不起，走錯路了。

【失礼します】

對不起；失禮，請原諒★夜遲くの電話
失礼します／抱歉，這麼晚還致電打擾。

【すみません】

對不起，抱歉★遲くなって、どうもすみ
ません／我遲到了，真是非常抱歉。

【すみません】

勞駕，對不起，謝謝★わざわざ來てい
ただいて、どうもすみません／特地來
此，真是勞駕您了。

【悪い】

不好意思，對不住★そこまで考えてい
なかった僕が悪かった／想得不夠仔細
是我不好。

あらわす／表す	表達、表露

【意味】

意思，意義★この言葉の意味を教えて
ください／請告訴我這個詞語的意思。

【意味】

意義，價值★楽しくなくちゃ意味がな
い／不快樂就沒意思了。

【色】

膚色；臉色；氣色；神色★色が黒い／
膚色是黑的。

【顔】

表情，面色，神色，樣子★疲れた顔を
している／面帶倦容。

【がる】

故作，裝出，逞★強がるな／別再逞強了。

【作文】

作文，（寫）文章，亦指其文章；空談闊
論★高橋さんは作文のテストで一番に
なりました／高橋同學勇奪作文考試的
第一名。

【外】

表面（相對於內心的）★感情を外に出さ
ない／感情不外露。

【つまらない】

沒有價值，不值錢★つまらないもので
すが、どうぞ召し上がってください／不
成敬意的東西，請您嚐嚐看看。

【出る】

出來；出現★月が出る／月亮升起。

【入る】

出現、產生裂紋等★ガラスにひびが入
る／玻璃起了裂痕。

【働く】

起作用★薬が働く／藥物起了作用。

【不味い】

醜，難看★不味い顔／面貌長得醜。

【目】

外表，外觀★見た目が悪い／外表不好。

ある	有，在

【余り】

剩下的數，餘數（名）★8を3で割ると
余りは2／8除以3餘數是2。

【余り】

剰餘，餘剩，剩下，剩餘的物品★カレーの余りを冷蔵庫に入れる／把剩餘的咖哩放入冰箱。

【在る】

在，位於；處於…（地位，環境）★学校は東京にある／學校位於東京。

【何時も】

日常，平日，往常（名）★何時もより速く歩く／走得比平常還快。

【色】

景象，情景，樣子，狀態★秋の色が深まった／秋色已深。

【声】

跡象★正月の声を聞く／年關將近。

【白い】

空白★白い紙に貼る／往空白紙上貼。

【大抵】

一般，普通，容易★日曜日はたいてい昼まで寝ている／星期天通常睡到中午。

【沢山】

充分★子どもは一人でたくさんだ／有一個孩子就足夠了。

【中】

正在…，正在…中★食事中は席を立たない／吃飯中不要站起來。

【中】

中，中間；中央，當中★卵を中に挟む／把蛋夾在中間。

【入る】

在內，歸入，有，含有（包括在其範圍內）★予定に入っている／包含在預定的範圍內。

【暇】

時間，工夫★暇のかかる仕事／耗時的工作。

【暇】

閒空，餘暇，閒工夫★日曜日は暇です／我星期日有空。

【方】

方面（同時存在的眾多事物中的某一方、某一邊）★悪いのはお前の方だ／不對的是你。

【持つ】

抱有，懷有★大きな夢を持つ／胸懷遠大夢想。

【物】

物，東西，物品（物質）；事物，事情；…的★辛いものが大好きです／我最喜歡吃辣。

【物】

…的，所有物★こうして、僕は彼女のものになった／就這樣，我成了她的東西。

【ゆっくり】

充裕，充分，有餘地★今からゆっくり行っても電車に間に合う／現在慢慢前往的話，也完全來得及搭電車。

● Track-005

あるく／歩く	走、步行

【足】

脚步；步行★足が速い／腳程很快。

【歩く】
走；步行★夜の道を一人で歩くのは嫌です／我不喜歡獨自一人走夜路。

【行く・行く】
步行，行走；走過，經過★まっすぐ行く／一直走。

【散歩】
散步，隨便走走★今朝は山下さんと公園を散歩しました／我今天早上和山下先生去了公園散步。

【飛ぶ】
趕快跑，快跑，飛跑★事故現場に飛ぶ／飛奔到事故的現場。

【走る】
跑；逃走，逃跑★一生懸命に走る／拼命地跑。

いう／言う　說

【言う】
說出話語，發出聲音★わあと言って泣き出した／哇地叫了一聲，就哭了起來。

【言う】
說，講，道出思想、事實等★木村さんは、明日パーティーで歌を歌うと言っています／聽木村先生說明天他將在晚會上高歌一曲。

【大きい】
誇大★事を大きく言う／誇大其詞。

【口】

說話，言語★口が悪い／嘴巴很毒。

【暗い】
沉重的（聲音）★暗い声で言う／用沉重的語調說話。

【声】
語言，話★神の声／神明之聲音。

【言葉】
描述的方式；詞語的用法★話し言葉／口語。

【締める】
嚴責，教訓★勉強しない学生を締める／教訓不用功讀書的學生。

【上手】
善於奉承，會說話★お上手を言う／善於奉承。

【その】
那個嘛★まあ、その、あれですが／哎呀！那個嘛，是那樣的。

【それ】
嗨，喂，瞧★それ、いくぞ／嗨！走了啦！

【それから】
請談下去，往下講；後來又怎樣★それから、どうなったの／後來怎麼樣了？

【それで】
那麼，後來（催促對方繼續說下去的用語）★それで、どうなったんですか／後來怎麼樣了？

【高い】
聲音大★電話の女性は声が高い／電話裡的女性聲音很高。

【一寸】

喂★ちょっと、お客さん／喂，這位客人！

【飛ぶ】

傳播，傳開★デマが飛ぶ／謠言傳開。

【鳴く】

啼，鳴叫★山では、たくさんの鳥が鳴いていました／那時山裡有許多小鳥在鳴叫著。

【並べる】

一個接一個提出，擺，列舉，羅列★悪いことをたくさん並べる／一一列舉了許多壞事。

【低い】

（聲音）低，小★低い声でかっこよく歌いたい／希望能低聲帥氣唱歌。

【太い】

（聲音）粗★太い声を話す／用粗嗓音說話。

【細い】

微細，低小（聲音高、但不響亮）★声が細いのが嫌、太い声を出したい／不喜歡聲音微細，希望能發出響亮有勁的聲音。

【申す】

說；講，告訴，叫做★はじめまして。山田と申します／幸會，敝姓山田。

【もしもし】

喂（用於叫住對方）；喂（用於電話中）★もしもし、携帯が落ちましたよ／喂！你的手機掉了。

【問題】

問題，事項；需要處理（研究，討論，解決）的事項（問題）★問題にする／作為問題。

【呼ぶ】

招呼，呼喚，呼喊；叫來，喚來★タクシーを呼びましょうか／招輛計程車吧。

【読む】

念，讀；誦，朗讀★朝起きて、新聞を読みます／我早上起床後會看報紙。

● Track-006

いきる／生きる	生存、生氣

【木】

樹，樹木★この椅子は木で作りました／這支椅子是用木頭製成的。

【元気】

精神，精力（充沛），朝氣，銳氣★元気な男の子がほしい／我想要有個健康活潑的男孩。

【台所】

經濟狀況，錢款籌畫，生計，家計★この家の台所は火の車だ／這個家經濟狀況極其窘迫。

【食べる】

生活★アルバイトで食べる／打工過日子。

【動物】

動物，獸★犬や猫などの小さい動物が好きです／我喜歡狗呀貓之類的小動物。

【年】

歲；年齡★年を取ったら、田舎に住みた

いです／等年紀大了，想住在鄉下。

【入る】
精力充沛★力が入る／用力使上勁。

【人】
人★君は僕の運命の人だ／你我兩人是天定良緣。

【若い】
血氣方剛、朝氣蓬勃的樣子★気持ちが若い／（老了）心還年輕。

【渡る】
渡世，過日子★世の中を上手に渡る／善於過日子，吃得開。

いく／行く	前往

【行く・行く】
去、走向某處；到…去★日本へ行く／赴日。

【立つ】
離開；退★アメリカを立つ／離開美國。

【出掛ける】
出去，出門，走，到…去★出かけますか？家にいますか／你想出門嗎？還是要待在家裡呢？

【出る】
走出，畢業★大学を出る／大學畢業。

【やる】
使…去，讓…去；打發；派遣★たばこを買いに子どもをやる／叫小孩去買香菸。

【旅行】
旅行，旅遊，遊歷★インドやタイなど、東南アジアの国を旅行したいです／我想去印度或泰國之類東南亞國家旅行。

【渡る】
遷徙★夏の鳥が春に渡って来た／夏天的鳥兒在春天遷徙過來。

● Track-007

いち、に／一、二	一、二

【一】
一（數字）；第一，首先，頭一個★日本語の勉強を一から始めました／我是從最基礎的五十音開始學習日文的。

【五つ】
第五；五個，五歲★五つで一セットです／這是五個一組。

【掛ける】
乘法★10に5を掛ける／10乘以5。

【九・九】
九，九個；第九★9から3を引く／九減掉三。

【五】
五★卵を5個ください／請給我五顆雞蛋。

【九つ】
九個，九歲★九つになる／九歲了。

【三】
三（數字）★今朝、パンを3枚食べまし

た／我今天早上吃了三塊麵包。

【四】（し）

四（數字）；四個★学校は四月から始まります／學期從四月開始。

【七】（しち）

七（數字）★いつも 7 時ごろまで仕事をします／平常總是工作到 7 點左右。

【締める】（しめる）

合計；結算★毎月の出費を締める／結算每個月的開銷。

【十】（じゅう）

十歳★おじいちゃんはもう 80 歳ですが、毎日とても元気です／爺爺雖然已經高齡八十，但是每天都活力充沛。

【十】（じゅう）

（數字）十，十個★1 から 10 まで言う／從一唸到十。

【ゼロ】zero

零（數學）；零分（體育）★電話番号は 03-1234-5678 です／電話號碼是 03-1234-5678。

【千】（せん）

千，100 的 10 倍★千に一つ／千中之一。

【十】（とお）

十，十個★お皿が十ある／有十個盤子。

【十】（とお）

十歳★息子は十になった／兒子十歲了。

【七】（なな）

七，七個，第七★こんにちは。ゆきえです。7 歳です／大家好，我叫雪繪，今

年 7 歳。

【七つ】（ななつ）

七，七個；七歳★パンを七つも食べた／我一連吃了七塊麵包。

【二】（に）

二，兩個★本が二冊あります。ノートも二冊あります／這裡有兩本書，還有兩本筆記本。

【二十歳】（はたち）

二十歳★今年二十歳になる／今年滿二十歲。

【八】（はち）

八★それは八人の勇士の物語だ／那是一個有關八位勇士的故事。

【引く】（ひく）

減去，削減，扣除；減價★10 から 5 を引く／10 減去 5。

【一つ】（ひとつ）

第一；一項★これは団子ですね。一つください ませんか／這是糯米湯圓吧，可以給我一顆嗎？

【百】（ひゃく）

百，一百★百まで生きる／可以活到百歳。

【二つ】（ふたつ）

兩個；兩歳★消しゴムを二つ、買いました／買了兩個橡皮擦。

【二つ】（ふたつ）

第二，二則★二つを比べて考える／把

兩者放在一起比較、思考。

【万】（まん）

（數量）万★このホテルは一泊で一万円だ／這家旅館的住宿費是每晚一萬日圓。（いっぱく／いちまんえん）

【三つ】（みっ）

三個；三歲★このメロンは三つで500円だ／這種哈密瓜三顆500圓。（みっ／えん）

【六つ】（むっ）

六，六個；六歲★六つ上の兄／比我大六歲的哥哥。（むっ／うえ／あに）

【八つ】（やっ）

八，八個；八歲★八つの子／八歲的小孩。（やっ／こ）

【四つ】（よっ）

四，四個；四歲★その怪物には四つの顔があった／那個怪物有四張臉。（かいぶつ／よっ／かお）

【四】（よん）

四（數字）★4を押す／按下四。（お）

【零】（れい）

零（數字）★試合は3対0で勝った／比賽以3比0獲勝了。（しあい／たい／か）

【六】（ろく）

六，六個★明日の朝，6時に起きますから、もう寝ます／明天早上6點要起床，所以我要睡了。（あした／あさ／じ／お／ね）

Track-008

いちにち／一日	一天

【明後日】（あさって）

【明日】（あした）

後天★明後日は娘の誕生日だ／後天是女兒的生日。（あさって／むすめ／たんじょうび）

明天★明日は日曜日です／明天是星期天。（あした／にちようび）

【一日】（いちにち）

終日，一整天★一日中忙しかった／忙了一整天。（いちにちじゅういそが）

【今】（いま）

現在，當前，目前，此刻★今何時ですか／現在幾點？（いまなんじ）

【今日】（きょう）

今天，今日，本日★今日は父の誕生日です／今天是爸爸的生日。（きょう／ちち／たんじょうび）

【午後】（ごご）

午後，下午，下半天，後半天★今日の仕事は午後7時に終わりました／今天的工作已在晚上7點完成了。（しごと／ごご／じ／きょう）

【午前】（ごぜん）

上午，中午前★午前中は雨でしたが、午後から晴れました／雖然早上下了雨，但下午就放晴了。（ごぜんちゅう／あめ／ごご／は）

【今晩】（こんばん）

今宵，今晚，今天晚上，今夜★今晚6時から家でパーティーをします／今晚6點將在家裡開派對。（こんばん／じ／いえ）

【晚】（ばん）

晚，晚上；傍晚，日暮，黃昏★朝から晚まで一日中頑張る／從早到晚終日拼命苦幹。（あさ／ばん／いちにちじゅうがん／ば）

【昼】（ひる）

白天，白晝；中午，正午★<ruby>夏<rt>なつ</rt></ruby>は<ruby>昼<rt>ひる</rt></ruby>が<ruby>長<rt>なが</rt></ruby>い／夏天白天很長。

【<ruby>毎朝<rt>まいあさ</rt></ruby>】

每天早晨（早上）★<ruby>毎朝<rt>まいあさ</rt></ruby>コーヒーを<ruby>飲<rt>の</rt></ruby>む／我每天早上都會喝咖啡。

【<ruby>毎日<rt>まいにち</rt></ruby>】

每天，每日，天天★<ruby>毎日<rt>まいにち</rt></ruby>ジョギングをすると、<ruby>健康<rt>けんこう</rt></ruby>になる／每天慢跑可常保健康。

【<ruby>毎晩<rt>まいばん</rt></ruby>】

每晚，每天晚上★<ruby>毎晩帰<rt>まいばんかえ</rt></ruby>りが<ruby>遅<rt>おそ</rt></ruby>い／每晚晚歸。

【<ruby>夕方<rt>ゆうがた</rt></ruby>】

傍晚，黃昏★<ruby>夕方<rt>ゆうがた</rt></ruby>、この<ruby>山<rt>やま</rt></ruby>から<ruby>見<rt>み</rt></ruby>る<ruby>景色<rt>けしき</rt></ruby>は<ruby>最高<rt>さいこう</rt></ruby>だ／傍晚從這座山上欣賞的景象真是絕美。

【<ruby>夕<rt>ゆう</rt></ruby>べ】

昨晚，昨夜★<ruby>夕<rt>ゆう</rt></ruby>べは<ruby>早<rt>はや</rt></ruby>く<ruby>寝<rt>ね</rt></ruby>た／昨晚很早就睡了。

【<ruby>夕<rt>ゆう</rt></ruby>べ】

傍晚★<ruby>夕<rt>ゆう</rt></ruby>べの<ruby>海<rt>うみ</rt></ruby>でお<ruby>酒<rt>さけ</rt></ruby>を<ruby>飲<rt>の</rt></ruby>みたい／我想在傍晚的海邊喝酒。

【<ruby>夜<rt>よる</rt></ruby>】

夜，夜間★<ruby>静<rt>しず</rt></ruby>かな<ruby>夜<rt>よる</rt></ruby>がいい／我喜歡寧靜的夜晚。

いる／居る	在

【アパート】apartmenthouse 之略

公寓形式的住家★<ruby>佐藤<rt>さとう</rt></ruby>さんのアパートは<ruby>広<rt>ひろ</rt></ruby>いです／佐藤小姐的公寓好寬敞。

【<ruby>家<rt>いえ</rt></ruby>】

（自）家，自宅，自己的家★<ruby>家<rt>いえ</rt></ruby>の<ruby>中<rt>なか</rt></ruby>が<ruby>一番<rt>いちばん</rt></ruby>です／在自己的家最棒了。

【<ruby>椅子<rt>いす</rt></ruby>】

椅子；凳子；小凳子★この<ruby>椅子<rt>いす</rt></ruby>にかけてください／請坐在這張椅子上。

【<ruby>居<rt>い</rt></ruby>る】

（人或動物的存在）有，在；居住在★<ruby>教室<rt>きょうしつ</rt></ruby>に<ruby>学生<rt>がくせい</rt></ruby>が 30 <ruby>人<rt>にん</rt></ruby>いる／教室裡有三十名學生。

【<ruby>家<rt>うち</rt></ruby>】

自家，自己的家裡★<ruby>家<rt>うち</rt></ruby>へ<ruby>帰<rt>かえ</rt></ruby>る／回家。

【<ruby>起<rt>お</rt></ruby>きる】

起，起來，立起來；坐起來★<ruby>起<rt>お</rt></ruby>きて<ruby>食<rt>た</rt></ruby>べなさい／坐起來吃吧。

【<ruby>住<rt>す</rt></ruby>む】

居住，住；棲息，生存★<ruby>私<rt>わたし</rt></ruby>は<ruby>大阪<rt>おおさか</rt></ruby>に<ruby>住<rt>す</rt></ruby>んでいます／我住在大阪。

【<ruby>座<rt>すわ</rt></ruby>る】

坐；跪坐★パーティーの<ruby>時<rt>とき</rt></ruby>、<ruby>私<rt>わたし</rt></ruby>は<ruby>山下<rt>やました</rt></ruby>さんの<ruby>隣<rt>となり</rt></ruby>に<ruby>座<rt>すわ</rt></ruby>りました／那天的派對中，我坐在山下先生的隔壁。

【<ruby>部屋<rt>へや</rt></ruby>】

房間，屋子，…室，…間★<ruby>金<rt>きん</rt></ruby>さんの<ruby>部屋<rt>へや</rt></ruby>にはドアが<ruby>三<rt>みっ</rt></ruby>つもある／金先生的房間竟有三扇門。

🔊 Track-009

いれる／入れる	放入、進入

【入り口】

門口，入口，進口★駅の入り口／車站的入口。

【入れる】

裝進，放入；送進★かばんに財布を入れる／把錢包放入皮包。

【花瓶】

花瓶★机の上にきれいな花瓶があります／桌上有只漂亮的花瓶。

【財布】

錢包，錢袋；腰包★財布の中にお金がありません／錢包裡面沒有錢。

【下】

裡邊，內，裡★上着の下にシャツを着る／上衣裡面穿襯衫。

【中】

裡邊，內部★部屋の中に入る／進入房間裡面。

【箱】

箱子；盒子；匣子★その人形は木の箱に入っていた／那個人偶是放在木箱裡的。

【ポケット】pocket

口袋，衣袋，衣兜，兜兒，兜子★この服はポケットがたくさんあるので便利だ／這件衣服上面縫了很多個口袋，要置放物品時非常方便。

【本棚】

書架★本棚に本が7冊ある／書架上有七本書。

いろ／色　顔

【青い】

青；藍；綠★青い空が綺麗です／藍天很美。

【赤い】

紅★赤い花が咲きました／紅色的花綻放了。

【明るい】

顔色鮮豔的★私は明るい黄色が好きです／我喜歡鮮豔的黄色。

【色】

色，顔色，彩色★どんな色のハンカチがいいですか／請問你喜歡哪種顏色的手帕呢？

【薄い】

（味、色、光、影等）淡的，淡色的，淺色的★色が薄い／顏色很淺。

【黄色い】

黃色★秋は木の葉が黄色くなります／秋天，樹葉轉黃。

【暗い】

發黑，發暗，深色★暗い青色／深藍色。

【黒い】

黑色，黑；曬成的黑色★黒いセーターを着た女の子を見ましたか／你看到一位身穿黑色毛衣的女孩了嗎？

【白い】

白色★コーヒーに白い砂糖を入れました／在咖啡裡面摻入了白砂糖。

【茶色】

茶色；略帶黑色的紅黃色，褐色★寝る前に茶色の薬をひとつ飲んでください／咖啡色的藥請在睡前服用一粒。

【緑】

緑色，翠緑★緑のカーテンが好きです／我喜歡綠色的窗簾。

【雪】

雪白，潔白★雪のように白い肌／像雪一樣的肌膚。

うける／受ける	承擔、得到、接受

【浴びる】

受，蒙，遭★厳しい言葉を浴びる／遭到嚴詞抨擊。

【買う】

招致★人の恨みを買う／招人怨恨。

【買う】

買，購買★デパートへプレゼントを買いに行きます／我要去百貨公司買禮物。

【被る】

蒙受，遭受；承擔★人の罪を被る／替別人承擔罪責。

【借りる】

借；借助；租（借）★人の手を借りる／借助他人的幫忙。

【持つ】

負擔；擔負，承擔★責任を持つ／負起

責任。

【良い・良い】

對；行，可以；夠了★酒はもういい／酒已經喝夠了。

【入れる】

承認，認可；聽從，采納，容納★人の意見を入れない／不採納他人的意見。

【買い物】

買東西；要買的東西；買到的東西★買い物がたくさんある／有許多東西要買。

【聞く】

聽從；答應★おばあちゃんの頼みを聞く／應允祖母拜託的事。

【着る】

承受，承擔，擔承★恩にきる／承受恩情。

【飲む】

（無可奈何地）接受★彼女の要求を飲む／接受她的要求。

【ポスト】post

郵筒，信筒，信箱★コンビニの前にポストがある／在便利商店的前面有座郵筒。

● Track-010

うごく／動く	動

【静か】

靜止，不動★海が静かになった／海上恢復風平浪靜。

【中】

中，當中★雪の中を歩いて帰る／冒着雪走回來。

【ながら】

一邊…（一）邊…，一面…一面★日本語の歌を歌いながら、お風呂に入っています／邊唱日文歌邊泡澡。

【走る】

奔流★水が走る／水往前奔流。

【働く】

活動★頭が働く／頭腦靈活運作。

【速い】

急速；動作迅速★仕事が速い／工作速度快。

【真っ直ぐ】

直接，一直，照直；中途不繞道★まっすぐに家に帰る／直接回家。

【水】

洪水★水が出る／發生洪水。

うたう／歌う　歌唱

【歌】

歌曲★子どもと一緒に歌を歌う／和小孩一起唱歌。

【歌う】

唱歌★大きな声で歌いましょう／一起大聲唱歌吧。

【歌う】

賦詩，詠歌，歌吟★桜をうたった詩／詠櫻詩。

うつす　拍攝、放映

【映画】

電影★山本さんは明るい映画が好きです／山本先生喜歡看輕鬆愉快的電影。

【映画館】

電影院★駅前に新しい映画館ができました／車站前開了家新的電影院。

【カメラ】camera

照相機；攝影機，攝相機★デパートで新しいカメラを買いました／我在百貨公司買了新相機。

【コピー】copy

影印，拷貝；抄本，謄本，副本★3ページまでコピーする／影印到第三頁。

【テレビ】television 之略

電視（機）★健太君はいつもテレビを見ながらご飯を食べます／健太總是邊看電視邊吃飯。

【撮る】

攝影，攝像，照相，拍★カメラで写真を撮る／用照相機拍照。

【フィルム】film

膠卷，膠片，底片（軟片）★フィルムを使う／使用底片。

うむ／生む　生產

【生まれる】

生，分娩★男の子が生まれた／男孩誕生了。

【お母さん】

媽媽，母親★松本さんのお母さんは料
理が上手です／松本先生的母親的廚藝
十分精湛。

【お腹】

肚子；胃腸★お腹が痛い／肚子痛。

【国】

家鄉，老家，故鄉★お盆は国の静岡へ
帰る／盂蘭盆節時回静岡老家。

【子ども】

自己的兒女★子どもが生まれた／小孩
出生了。

【出す】

冒出（芽等）★芽を出す／冒出新芽。

【卵】

動物卵的總稱★にわとりの卵／雞蛋。

【誕生日】

生日，生辰★今日は私の誕生日です／
今天是我生日。

【作る】

生育；耕種；栽培；培養；培育★子ど
もを作る／生兒育女。

【出来る】

產，有★夫婦の間に子どもができた／
夫妻倆有了孩子。

【出る】

露出，突出★おなかが出てきた／肚子
跑出來了。

【母】

母，母親★母は日本へ留学したことが
ある／家母曾到日本留學。

【両親】

雙親，父母★私は東京に住んでいます
が、両親は青森に住んでいます／雖然
我目前住在東京，但我的父母住在青森。

おおい／多い	多的

【余り】

（不）很，（不）怎樣，（不）大★あまりお
いしくない／不怎麼好吃。

【余り】

過分，過度★喜びの余りプールに飛び
込みました／太高興了而跳入游泳池。

【幾つ】

很多★同じ箱はいくつもある／相同的
箱子還有很多。

【幾ら】

無論怎麼…（也）★お金はいくらあって
も困りません／錢不管有多少都不會感
到為難。

【多い】

多的★ディズニーランドは人が多いで
す／迪士尼樂園人山人海。

【大勢】

大批（的人），眾多（的人），一群人★人
が大勢いる／有很多人。

【重い】

分量重的★重い荷物／沉重的行李。

【結構】
足夠；充分★難しい話は、もう結構だ／艱澀的話題，已經夠了。

【過ぎ】
超過；…多★父はもう 50 過ぎだ／父親已年過 50 了。

【千】
數量多★数千人の客／顧客數千人。

【大変】
非常；很；太★仕事は大変面白いです／工作真的很有趣。

【沢山】
很多（數量）★日本語をたくさん話そう／多多開口說日語吧！

【達】
們，等，等等★子ども達と遊んだ／跟孩子們玩耍。

【多分】
大量，多★多分にある／有的是。

【一寸】
相當，頗★ちょっと有名になった／變得頗有名氣。

【とても】
非常，很，挺★とても明るい人／非常活潑開朗的人。

【長い】
長久的★長い夜／漫長的夜晚。

【百】
許多，好幾百★客は三百人もいる／顧客高達三百人。

【万】
數量多★十万を払う／支付十萬圓。

【もっと】
更，更加★もっとゆっくり話してください／請再說慢一點。

【山】
堆，一大堆，堆積如山★バナナの山を初めて見た／第一次看到堆積如山的香蕉。

【よく】
常常地；動不動就；頻率高★よく野球の試合を見に行く／經常去看棒球比賽。

おおきい／大きい	大的

【厚い】
厚的★厚い辞典／厚辭典。

【海】
大湖★余呉の海を見に行きたい／我想去看看余吳湖（位於日本長浜市，琵琶湖北方的湖泊）。

【海】
形容事物茫茫一片的樣子★火の海／茫茫一片火海。

【大きい】
（容積、面積、身高、聲音）大，巨大；多；（年紀大）年老★大きい家／大宅邸。

【大抵】
大抵，大都，大部分，差不多，大約，一

般★人気のある漫画は大抵読んだ／超
人氣漫畫我幾乎都看過了。

【大変】
大事變，大事故，大變動★国家の大変
／國家的大事故。

【長い】
長的，遠的★町の東に長い川があります
／在村落的東邊有條長長的河流。

【広い】
寬闊★桜子さんの家の風呂はとても広
い／櫻子小姐家裡的浴室非常寬敞。

【太い】
（外圍）粗；肥胖的★ラーメンは太い麺
の方が好きだ／拉麵我比較喜歡吃粗麵。

【丸い・円い】
胖，豐滿★彼女は最近円くなった／她
最近豐滿起來了。

【立派】
壯麗，宏偉，盛大；莊嚴，堂堂★立派
なホテル／雄偉壯麗的飯店。

● Track-012

おきる／ 起きる	發生、立起

【起きる】
發生★悪いことが起きた／發生了壞事。

【差す】
發生，起★眠けがさす／感到睏頓。

【立つ】
立，站★みんなの前に立って、話しまし

た／站在大家的前面說話了。

【出来る】
形成，出現★にきびができる／長出痘
痘。

【出来る】
發生★良くないことができた／發生了
不好的事。

【始まる】
發生，引起★喧嘩は誰から始まった？
／吵架是由誰引起的？

【問題】
問題，麻煩事★新しい問題が起きる／
發生新的麻煩事。

【呼ぶ】
吸引，引起★人気を呼ぶ／廣受歡迎。

おく／置く	放置

【置く】
放，擱，置★あれ、かぎがないですね。
どこに置いたんですか／咦，沒有鑰匙
耶？放到哪裡去了呢？

【置く】
配置，設置；設立，設置★ビルに事務
所を置く／大樓內部設置辦公室。

【並べる】
擺，陳列★テーブルに並べる／擺在桌
上。

おしえる／教える 教授

【教える】
教授；教導★外国人に日本語を教える／教授外國人日語。

【学校】
學校★子どもたちに明るい学校を作りましょう／為孩子們打造一座充滿陽光的校園吧！

【教室】
培訓班★料理教室で納豆を作る／在料理教室製作納豆。

【教室】
教室，研究室★生徒は教室で勉強する／學生在教室上課。

【授業】
授課，教課，講課，上課★あの授業は、とても面白いです／那堂課非常有意思。

【先生】
教師，教員，老師；師傅★大学の先生になるのが彼女の夢だ／她的夢想是成為大學教授。

【話す】
說明，告訴★やり方はあとで話しましょう／作法等一下說明吧！

おそい／遅い 遅緩的

【遅い】
慢，遲緩，不快；趕不上；來不及，晚；過時；遲鈍★仕事が遅い／工作進度慢。

【静か】
輕輕，慢慢★静かに椅子を引く／輕輕地拉開椅子。

【段々】
漸漸★もう春ですね。これから、だんだん暖かくなりますね／已經春天了呢！今後會漸漸暖和起來吧。

【古い】
落後，老式，舊，陳舊，陳腐，過時★父は少し頭が古い／父親腦筋有些守舊頑固。

【ゆっくり】
慢慢，不著急，安安穩穩★もう一度ゆっくり言ってください／請慢慢地再講一次。

おどろく／驚く 驚訝

【ええ】
啊★ええ、人が死んだの／啊，有人死了嗎？

【しかし】
然而，可是★言いたかった。しかし言わなかった／很想說，但沒有說。

【でも】
但是，可是，不過★何度も聞いたが、でも一度も言わなかった／問過好幾次，但一次也沒說。

【どうして】

唉呀唉呀；豈止，豈料，意外，相反★どうして、こんなに人気なんだ／為什麼這麼受歡迎呢？

【どうも】

實在，真★どうも数学はむずかしい／數學實在很難。

【ながら】

雖然…但是卻…，儘管…卻…★知っていながら答えない／雖然知道，但無法回答。

【何・何】

什麼（表驚訝）★何、ほんとに行くのか／什麼，真要去嗎？

● Track-013

おなじ／同じ	相等

【一緒】

同樣，一樣★二人の考えは一緒だ／兩人的想法一致。

【同じ】

相同，一樣，同樣；相等，同等；同一個★同じ先生に習っている／跟同一位老師學習。

【ながら】

照舊，如故，一如原樣★むかしながらのコロッケ／古早味的可樂餅。

【並ぶ】

比得上，倫比，匹敵★テニスでは彼に並ぶ人がいない／在網球上沒有人可以與他相抗衡。

【並べる】

比較★二人を並べてみるとすごく似ている／兩人站在一起比一比，真的很像。

【一つ】

相同；一樣★二人の気持ちが一つになる／兩人的心情一樣。

【又】

也，亦★今晩もまたカレーか／今晩又是咖哩飯嗎？

おもう／思う	思索、思考

【明るい】

有希望的★人類の未来が明るい／人類的未來是有希望的。

【頭】

頭腦★頭がいい／頭腦聰慧。

【意味】

意圖，動機，用意，合意★慰めの意味で贈る／以安慰之意餽贈。

【生まれる】

產生（某種想法）★ゴルフに興味が生まれる／對高爾夫產生興趣。

【買う】

器重★彼の努力を買う／對他的盡心竭力而給予器重。

【顔】

名譽；面子，臉面★顔にかかわる／攸

關面子問題。

【側】（がわ）

方面；立場★生徒側に立った意見が多い／站在學生一方的意見為大多數。

【暗い】（くらい）

黑暗，暗淡，沒有希望★世の中が暗い／世界很黑暗。

【声】（こえ）

想法；意見；呼聲★読者の声を集める／收集讀者的意見。

【子ども】

幼稚★僕らはまだ子どもだよ／我們都還像小孩子一樣呢！

【する】

決定★朝食はパンにする／早飯決定吃麵包。

【大切】（たいせつ）

心愛，珍惜；保重★おからだを大切に／保重身體。

【大切】（たいせつ）

要緊，重要；貴重★これは私の大切な写真です／這是我珍藏的相片。

【大抵】（たいてい）

大概，多半★大抵の人が使っている／大多數的人都在使用。

【多分】（たぶん）

大概，或許★たぶん桜子さんは来ないでしょう／我猜，櫻子小姐應該不會來了吧。

【違う】（ちがう）

違背，相反，不一致；不符，不符合★話が違う／與原來說的不一致。

【天気】（てんき）

心情★彼女はひどいお天気屋だ／她是一個非常情緒化的人。

【どうも】

總覺得，似乎，好像★どうも体の調子がよくない／總覺得身體狀況不太好。

【とても】

無論如何也…；怎麼也…★とても高校生には見えない／怎麼看也不像是高中生。

【引く】（ひく）

引誘，吸引；招惹★目を引く看板／引人注目的招牌。

【左】（ひだり）

左派，左傾，急進★左に傾いた思想／左傾激進思想。

【未だ】（まだ）

尚，還，未，仍★合格はまだ遠い。もっと勉強してください／你還得多多努力才會及格，請再勤加用功。

【待つ】（まつ）

期待；盼望★首を長くして待つ／非常殷切地期待和盼望。

【磨く】（みがく）

研磨；琢磨；推敲★女を磨く／內養外練，打造優雅高尚內外兼具的女性。

【右】（みぎ）

右傾★右寄りの考えを持つ／有右傾的思想。

【短い】
見識、目光等短淺★視野が短い／眼光狹隘。

【見る】
試試看★食べてみる／吃吃看。

【有名】
有名，著名，聞名★この店の餃子は有名だ／這家店的煎餃遠近馳名。

【若い】
幼稚；未成熟；不夠老練★考えが若い／想法幼稚。

●Track-014

およぐ／泳ぐ	游泳

【池】
池，池塘；水池，池子★池に魚がいます／池塘裡有魚。

【海】
海★海に泳ぎに行きましょう／一起去海邊游泳吧！

【泳ぐ】
游泳★昨日、プールで泳ぎました／昨天在泳池游了泳。

【川・河】
河川★おばあさんは川へ洗濯に行きました／奶奶去了河邊洗衣服。

【プール】pool
人造游泳池★山下さんはプールへ泳ぎに行った／山下小姐到泳池游泳了。

おりる／降りる	下來

【置く】
放下，留下；丟下，落下，抛棄★妻が手紙をおいて家を出ていきました／妻子留下一張紙條，就離家出走了。

【下りる】
下來；降落；排出；卸下；煩惱等沒了；降，下（指露、霜等打下）★木から下りる／從樹上下來。

【降りる】
（從上方）下，下來，降，降落；（從交通工具）下，下來★階段を降りる／下樓梯。

【寝る】
躺下；倒伏★床の上に寝る／躺在地上。

おわる／終わる	終了

【秋】
結束★人生の秋／人生的終點。

【上げる】
結束★仕事を上げる／工作結束。

【終わる】
完，完畢，結束，告終，終了★一日が終わる／一天結束。

【為る】
做好；完成★工事がなる／工程竣工。

【入る】

備好茶，茶已準備好★お茶が入る／茶沏好了。

【丸い・円い】

圓的，圓滑；呈曲線，没有稜角★丸い肩がほしい／好想有副壯碩厚實的圓肩。

かえる／ 変える	變更、改變 （形狀等）

【新しい】

從未有過的事物或狀態，改為新的★新しい考えが生まれる／產生了從未有過的新想法。

【円】

圓，圓（形），輪形的★鉛筆で円を描く／用鉛筆畫圓。

【切る】

轉，拐彎★ハンドルを切る／轉方向盤。

【する】

使某種狀態變化★川をきれいにする／把河川清理乾淨。

【為る】

變成★果物がジュースになる／水果變成果汁。

【辺】

數學上的邊★四辺形／四邊形。

【曲がる】

曲折；彎曲★道が曲がっている／道路曲折蜿蜒。

【真っ直ぐ】

筆直，平直，直線的，一點也不彎曲的★真っ直ぐな道を歩こう／走筆直的道路吧！

かかる／ 係る、掛かる	關係、 花費、 搭架

【要る】

需要，必要★留学するのでお金がいります／因為要去留學，所以需要錢。

【薄い】

待人不好，冷淡；冷漠，淡漠；缺少情愛，關心，感動等的心情★情が薄い／薄情。

【掛かる】

花費；需要時間、費用、勞動力、體力等★この仕事は 3 年かかる／這項工作要花費 3 年的時間。

【する】

值…錢★このかばんは 2 千円する／這個皮包值 2000 圓。

【それで】

因此，因而，所以★名前が分からなくて、それで聞きました／因為不知道名字，所以詢問了一下。

【近い】

（關係）近；親近，親密，密切★一番近いお友達／關係最親密的朋友。

【使う】

花費；消費★金を使う／花錢。

【遠い】

遠，疏遠★遠い親戚／遠親。

【乗る】

上當，受騙★その話には乗らない／不會因那番話而上當。

【橋】

橋，橋梁，天橋★その橋は壊れている。渡ってはいけない／那座橋壞了，禁止通行。

【渡す】

架，搭★海に橋を渡す／在海上架橋。

●Track-015

かく／書く、描く

書寫

【絵】

畫，圖畫，繪畫；畫面★どのページにも、絵があります／不論哪一頁都有插圖。

【鉛筆】

鉛筆★鉛筆で一本一本線を引く／用鉛筆勾勒出一條一條的線來。

【書く】

記文字、記號或線條等；寫，畫；做文章或創作作品★名前の下にやりたいスポーツを書いてください／請把想要從事的運動寫在姓名的下方。

【描く】

畫，繪，描繪；描寫，描繪★万年筆で漫画を描く／用鋼筆畫漫畫。

【片仮名】

片假名★名前は片仮名で書いてください／名字請用片假名書寫。

【紙】

紙；字紙；報紙★きれいな紙で箱を作ります／用漂亮的紙做成盒子。

【漢字】

漢字★漢字で鼻ですか？花ですか／漢字寫成「鼻」嗎？還是「花」呢？

【机】

桌子；書桌，書案；辦公桌；寫字台；案★男の子は机で勉強をしています／男孩坐在桌前用功。

【作る】

創造；寫；做（詩歌，文章等）★40分で小説を作る／用40分的時間創作小說。

【手紙】

信，書信，函，尺牘，書札★手紙の返事を書きます／寫回信。

【ノート】notebook 之略

筆記；備忘錄★大事なことをノートする／把重要事項記下來。

【葉書】

明信片★結婚したことをはがきで知らせた／用明信片通知結婚的訊息。

【引く】

畫（線）；描（眉）；製（圖）★頭のいい人は、本のどこに線を引いているのか／頭腦聰慧的人讀書，會在哪裡畫線呢？

【平仮名】
平仮名★平仮名はやさしいが、漢字は難しい／平假名很容易學，但漢字很難。

【封筒】
信封，封套★封筒に手紙を入れました／把信放進了封套裡。

【ペン】pen
筆，鋼筆，自來水筆★このペンはとても書きやすいです／這枝筆非常好寫。

【ボールペン】ballpointpen
原子筆★ボールペンを使って、かわいい絵を描きます／用原子筆畫出可愛的圖畫。

【万年筆】
金筆，鋼筆；自來水筆★自分の好きな絵を万年筆で描く／用鋼筆畫自己喜歡的畫。

かける／掛ける	掛上、澆灌、打（電話）

【掛かる】
垂掛，懸掛，掛上★祖父の写真が壁にかかっている／牆上掛著祖父的照片。

【掛ける】
掛上，懸掛；拉，掛（幕等）★壁にコートがかけてあります／牆上掛著大衣。

【掛ける】
撩（水）；澆；潑；倒，灌★花に水を掛ける／澆花。

【掛ける】
戴上；蒙上；蓋上；搭上★めがねを掛ける／戴眼鏡。

【出す】
掛，懸★旗を出す／掛旗子。

【電話】
電話；電話機★電話をしながら車の運転をしないでください／開車時請不要講電話。

【ボタン】(葡) botão ／ button
按鍵★ドアを開けてエレベーターボタンを押します／打開門，按電梯的按鈕。

● Track-016

かぞえる／数える	計算

【円】
日元★日本の大学に入るには 100 万円いります／要進入日本的大學就讀需要花費一百萬圓。

【回】
回，次★週に 2 回筋トレをしている／我一週做兩次肌力訓練。

【カップ】cup
量杯★カップ一杯の水を入れる／放入一杯量杯的水。

【キロ】(法) kilogramme 之略
公斤，千克，千米★この牛は重さが 700 キロあります／這頭牛重達七百公斤。

【くらい・ぐらい】

大約，大概，左右，上下★ここから隣の町まで 200 キロメートルぐらいです／從這裡到鄰鎮大約距離兩百公里。

【グラム】(法) gramme

克，公克★三つで 200 グラムです／三個共二百公克。

【個】

個，計算物件的量詞★個と全体／個人和總體。

【頃】

…時分，…前後，…左右★ 10 時頃帰る／ 10 點左右回去。

【歳】

歳，年歳★これは 3 歳の子どものための本です／這是為三歲兒童編寫的書。

【冊】

本，個，冊，部★辞書を 1 冊しか持っていない／我只有一本辭典。

【皿】

(單位) 碟，盤★旦那と二人でカレーライスをふた皿食べた／我和先生兩個人吃了兩盤咖哩。

【時】

點；點鐘；時；時刻★もう 12 時です。寝ましょう／已經 12 點了。快睡吧！

【時間】

時間；工夫；時刻；鐘點；授課時間★時間があるから、ゆっくり歩いて行きましょう／還有時間所以慢慢走過去就好了。

【ずつ】

固定的數量反覆出現；固定的同數量分配★單語を 1 日に 30 ずつ覚えます／一天各背 30 個單字。

【台】

大致的數量範圍★ 500 円台のものがほしい／我想要 500 圓左右的東西。

【台】

輛，架，台 (計數車輛或機器等的量詞)★ドイツの自動車を 2 台買いました／買了兩輛德國製的汽車。

【度】

次數，回數★一度見たことがある／曾經見過一次。

【度】

角度★ 45 度のお辞儀で挨拶します／以 45 度鞠躬致意。

【度】

期間★ 2020 年度から新しい授業が始まる／從 2020 年度開始新課程。

【度】

溫度★たいへん、熱が 39 度もありますよ／糟了！發燒到 39 度耶！

【度】

經度，緯度★南緯 25 度にある／在南緯 25 度。

【度】

度數★めがねの度が合わない／眼鏡的度數不合適。

【時】

時間★時が流れる／時間流逝。

【時計】とけい
鐘，錶★高い時計を着けている／配戴著昂貴的手錶。

【日】にち
天，日★1日10ページ書く／一天書寫10頁。

【人】にん
單位量詞；名，人，個（人）★彼を入れて合計10人いる／包括他在內共計十人。

【杯】はい
碗，匙，杯，桶，只★水が一杯ほしいです／我想要一杯水。

【番】ばん
第…號★成績はクラスで2番／成績在班上排第二。

【番】ばん
號；盤★電話は123の4567番／電話號碼是123-4567。

【番号】ばんごう
號碼，號數，號頭★番号を呼ぶ前に、入らないでください／在叫到號碼之前請不要進來。

【匹】ひき
頭，隻，條，尾，計數獸、鳥、魚、蟲等的量詞★ここには、犬が何匹いますか／這裡有幾隻狗呢？

【服】ぶく
服，付，回（喝的次數）；原本唸「ふく」★お茶を一服どうぞ／請喝一杯茶。

【分】ふん
分（角度及貨幣的計算單位）★3角8分／3角8分。

【分】ふん
分（時間的單位）★今9時15分過ぎです／現在是9點過15分。

【ページ】page
頁，書、筆記本中紙張的一面，亦指表示其順序的數字★ページを開ける／翻開內頁。

【辺】へん
程度★その辺でもういいでしょう／到此為止就算了吧！

【本】ほん
條，隻，支，卷；棵，根；瓶★スプーンを十本ぐらい持ってきてください／請拿大約十支湯匙過來。

【枚】まい
片，張，塊，件，幅，扇，個★カードを3枚持っている／我有三張卡。

【前】まえ
剛好的份量★二人前のコースをお願いしました／我要兩人份的套餐。

【目】め
（表示順序）第…★次の角を曲がって、右側の三つ目の建物です／下個轉角拐過去後，右手邊的第三棟建築物。

【メートル】(法) mètre
公尺，米★100メートルを10秒ぐらいで走りました／一百公尺跑了十秒左右。

【門】もん
門（大砲的計算單位）★8インチ砲6門を

持っている／擁有 8 英吋的大砲 6 門。

【読む】

数；計算；圍棋、將棋賽中，思考下一步的路數★大人の数を読む／計算大人的人數。

● Track-017

かぞく／家族	家族

【兄】

哥哥；姊夫；大哥；師兄★いちばん上の兄がとても優しい／大哥人最和善了。

【姉】

姐姐；姊；家姉；嫂嫂；夫姉★姉は私と三つ年が違います／姐姐和我差三歲。

【妹】

妹妹；小姑，小姨，弟妹★私はよく妹と遊びました／我以前常和妹妹一起玩耍。

【お祖父さん・お爺さん】

（父方）爺爺，公公，祖父；（母方）外祖父，老爺，外公★お祖父さんは、お酒が大好きです／爺爺最喜歡喝酒了。

【伯父さん・叔父さん】

對伯父、叔父、舅父、姨丈、姑丈的尊稱★伯父さんはいろいろ教えてくれました／伯伯教了我很多知識。

【お父さん】

父親，爸爸，爸★あなたのお父さんは、立派ですばらしいです／令尊相當傑出而了不起。

【弟】

弟弟★下の弟が本当かわいい／下面的弟弟真的好可愛。

【お兄さん】

哥哥，令兄，您哥哥；禮貌地稱呼兄長的用語，亦用於指稱對方的兄長★あなたのお兄さんはいつ結婚しましたか／你哥哥什麼時候結婚的呢？

【お姉さん】

姐姐，大姐★あなたのお姉さんはいつ見ても綺麗ですね／你姐姐不管什麼時候看起來都漂亮。

【伯母さん・叔母さん】

姑母；伯母；叔母；姨母；舅母★静子伯母さんが嫌いだ／我不喜歡静子伯母。

【家族】

家族，家屬★今年の夏は家族とハワイに行った／今年暑假和家人去了趟夏威夷。

【兄弟】

兄弟；姐夫，妹夫，弟妹，嫂子★兄弟が七人ですか。多いですね／您有七個兄弟姊妹呀，好多喔。

かたい／硬い、堅い、固い	堅硬

【岩】

岩石★世界で一番大きな岩／世界最為巨大的岩石。

【丈夫】

堅固，結實★丈夫で軽い靴が欲しいです／想要一雙堅固又輕巧的鞋。

【大丈夫】

牢固，可靠★この靴は大丈夫だ／這雙
鞋堅固耐用。

【強い】

堅硬的★手を強く握る／握手剛勁有力。

からだ／ 体	身體部位

【足】

腳掌；腳背★足が小さい／腳很小。

【足】

整個腿部★足を上げる／抬腿。

【頭】

頭部，腦袋；頭髮★かぜをひきました。
頭が痛いです／我感冒了，頭好痛。

【顔】

臉；面孔；容貌；人★顔が赤いですよ。
どうしましたか／你的臉看起來紅通通
的，怎麼了嗎？

【体】

身體；身子；體格；身材；健康；體力
★体がよくなる／健康好轉。

【口】

口；嘴★口を大きく開けてください／請
把嘴張大。

【背・背】

身長，身高，身材，個子★背が高い／
身材高大。

【背・背】

脊背，後背，脊梁★背を押す／推背。

【手】

手；手掌；臂，胳膊，胳臂，臂★田中さ
んの手は冷たかったです／田中小姐的
手是冰冷的。

【肉】

肌肉★おなかに肉がついた／肚子長肉
了。

【左】

左手★左で投げる／用左手投。

【耳】

耳，耳朵★耳に入る／聽到。

●Track-018

かんじる／ 感じる	感覺

【甘い】

甜蜜（味道）★花の甘い香り／花朵甜蜜
的芳香。

【痛い】

吃不消★そう言われると痛い／你這麼
一說我還真感到吃不消。

【覚える】

感覺，感到，覺得★疲れを覚える／感
到疲倦。

【重い】

心情沉重的；重要的；嚴重的★頭が重
い／心情沉重。

【がる】

覺得，感覺★なぜみんなスターバック

スに行きたがるのか／為什麼大家都喜歡去星巴克呢？

【聞く】
品嚐，鑑賞★音楽を聞く／鑑賞音樂。

【困る】
不行，不可以★本屋がなくなって、困るじゃないか／沒有書店，就感到不便對吧？

【する】
感覺到聲、色、形、味等，有…的感覺★いいにおいがする／有一陣香味。

【疲れる】
累，乏★電車の中で勉強して、目が疲れた／在電車上看書，眼睛很累。

【入る】
為感官所感知★たまたま耳に入る／剛好聽到。

【鼻】
鼻子★鼻が大きい／鼻子很大。

【見る】
體驗，經驗★痛い目をみる／嚐到苦頭。

【もう】
用以強調感情，加強語氣★もううれしくて／別提有多高興了。

【悪い】
不佳，不舒暢，無法有好感；不適合，不方便；壞，腐敗★胃が悪い／胃腸不好。

がんばる／頑張る　努力

【頭】
頭目，首領★大工の頭／木匠頭兒。

【椅子】
職位；位置★社長の椅子／社長的位置。

【忙しい】
忙，忙碌★父はいつも忙しいです／家父總是非常忙碌。

【一々】
一個一個；一一詳細★小さいことまでいちいち話した／連一點小事都一一詳細的說了。

【さあ】
表示自己的決心★さあ、仕事をしよう／來，上工吧！

【座る】
居某地位，占據席位★社長の椅子に座る／當上社長。

【先生】
律師；議員；師傅★椅子から立って、先生に挨拶しました／從椅子上站了起來向議員問好。

【立つ】
行動起來；奮起★会社のために立つ／為公司而奮力工作。

【どうも】
怎麼也★どうも見つからない／怎麼也找不到。

【乗る】
乗勢，乗機★良い波に乗る／趁勢順利進行。

【ポスト】post
地位；工作崗位，職位（地位）★社長のポストがあいている／社長職位空缺著。

【道】
専門★その道のプロ／該領域的專家。

● Track-019

きく／聞く 詢問、聆聽

【あのう】
那個，那，請問；那個…；啊，嗯★あのう、すみませんが／那個，請問一下。

【幾つ】
幾個，多少，幾歲；多少（年頭）的數量，亦指年齡★餃子は一人前いくつありますか／請問一人份的煎餃有幾顆呢？

【幾ら】
多少★その長いスカートは、いくらですか／那條長裙多少錢？

【聞く】
聽；聽到★ラジオでそのニュースを聞いた／從收音機聽到了那則消息。

【声】
聲，聲音；語聲，嗓音；聲音，聲響★声を出す／發出聲音。

【静か】
静，寂静，沉寂，肅静，静悄悄，清静，平静★静かな夜がいい／寂静的夜晚感覺極為曼妙。

【高い】
名聲高★名声が高い／聲望很高。

【小さい】
（聲音）低的★小さい声で話してください／請低聲說話。

【テープ】tape
磁帶；錄音帶★会議をテープに録音した／會議過程已用錄音機錄音了。

【テープレコーダー】taperecorder
磁帶錄音機★テープレコーダーはとても大きくて不便だ／錄音機體積大，使用起來很不方便。

【遠い】
聲音不清★耳が遠い／聽力不佳。

【どこ】
怎麼；哪裡★金をもらってどこが悪い／收錢，有哪裡不對？

【何・何】
若干；多少；幾★何日間／幾天。

【飲む】
吞(聲)；飲(泣)★声を飲む／說不出話來。

【話】
傳說，傳聞★人の話によれば／根據傳聞。

【耳】
聽覺，聽力★うるさくて耳が聞こえない／太吵了，根本聽不見。

【ラジオ】radio
廣播，無線電，無線電收音機★ラジオをつけて勉強していた／開收音機學習。

【レコード】record

唱片 ★レコードでクラシック音楽を聞くのが好きだ／我喜歡用黑膠唱片聽古典樂。

きたない／汚い	骯髒

【洗う】

洗；洗滌，淨化，一筆勾銷 ★ごはんを食べる前に手を洗う／吃飯前洗手。

【汚い】

髒，骯髒 ★手が汚いですよ、洗ってください／你的手很髒，請洗手。

【曇る】

變得模糊不清，朦朧 ★マスクで眼鏡が曇る／因為戴口罩眼鏡起霧了。

【黒い】

髒，骯髒 ★靴が黒くなった／鞋子髒了。

【石鹸】

肥皂；藥皂 ★ご飯の前に石鹸で手を洗いましょう／用餐前，先以肥皂將雙手洗乾淨吧。

【洗濯】

洗，洗衣服，洗滌 ★私は毎週日曜日に洗濯します／我固定每週日洗衣服。

きらう／嫌う	討厭

【嫌】

不願意，不喜歡，討厭；不愉快，不耐煩 ★黒いシャツは嫌です。白いのがいいです／我不喜歡黑色襯衫，喜歡白色的。

【嫌い】

嫌，不願，厭煩，厭惡，嫌惡，討厭 ★彼女は納豆が嫌いだ／她不喜歡吃納豆。

●Track-020

きる／切る	斷絕

【切る】

切，割，砍，剁，砍傷，割傷，切傷，刺傷 ★肉を切る／切肉。

【切る】

中斷談話等；中斷、斷絕關係 ★関係を切る／中斷關係。

【ナイフ】knife

小刀，餐刀 ★ナイフで肉を小さく切って食べます／用刀子把肉切小來吃。

【引く】

撤（手）；脫（身），擺脫（退出，離開，切斷關係）★手を引く／撤手不管。

きる／着る	穿上

【上着】

外衣；上衣 ★上着のポケットにハンカチを入れました／西裝外套的口袋裡放了條手帕。

【被る】

戴；套，穿 ★寒いから帽子を被って行

040

きなさい／外面很冷，帶上帽子再出門。

【着る】
穿★スーツを着ていると動きにくい／穿上西裝，動作就感到不利索。

【コート】coat
上衣；外套，大衣；女短大衣★会社の中では、コートを脱いでください／在公司裡，請脫掉外套。

【シャツ】shirt
（西式）襯衫，襯衣，西裝襯衫；汗衫，內衣★ポケットがついた白いシャツがほしいです／我想要一件附口袋的白襯衫。

【セーター】sweater
毛衣，毛線上衣★弟は、黒いセーターと白いズボンをはいています／弟弟穿著黑毛衣和白褲子。

【背広】
西裝，普通西服★背広を着て、仕事に行きます／穿上西裝去工作。

【服】
衣服，西服★綺麗な服を着て、パーティーに出ます／穿上華麗的服飾，參加宴會。

【帽子】
帽子★日が強いから、帽子をかぶって出かけましょう／豔陽高照，戴上帽子出門吧。

【洋服】
西服，西裝★私はこの洋服に合う帽子がほしい／我想要能搭配這件西服的帽子。

【ワイシャツ】whiteshirt
襯衫，西服襯衫★同じワイシャツを2枚持っています／擁有兩件同款的襯衫。

きれい／綺麗	美麗

【綺麗】
美麗，漂亮，好看★春にはあちこちで綺麗な花が咲く／在春天，處處綻放美麗的花。

【綺麗】
潔淨，乾淨★きれいな水が飲みたいです／我想喝純淨的水。

【白い】
乾淨，潔白★白いシーツ／潔白的床單。

【涼しい】
明亮，清澈★君はいつも涼しい目で笑っていた／你總是用一雙水汪汪的大眼睛笑著。

【花】
華麗，華美；光彩；精華★彼女は社交界の花だ／她是交際花。

【立派】
漂亮，美觀，美麗，華麗★この辺立派なお家が多いです／這附近有許多漂亮的宅邸。

くる／来る	到來

【いらっしゃい】
來，去，（做某事）吧★いつでも遊びにいらっしゃい／隨時歡迎來玩。

【返す】
歸還，退掉；送回★本を図書館に返します／我要去圖書館還書。

【帰る】
回歸，回來；回去，歸去★お酒を飲んだので、タクシーで家に帰りました／我喝了酒，所以坐計程車回家了。

【来る】
來，來到，來臨；到來★その男の人は昨日ここに来ました／那位男士昨天來過這裡。

【引く】
抽回，收回（手、腳）★手を引く／收手。

【降る】
事情集中而來★降るほど縁談がある／來提親的對象多的是。

● Track-021

くるしい／
苦しい　　痛苦的

【ああ】
啊；呀！唉！哎呀！哎喲！★ああ、たいへん／呀！真不得了了！

【痛い】
疼的★靴が小さくて、足が痛い／鞋子太小，穿得腳好痛。

【痛い】
痛苦的★胸が痛い／心痛。

【曇る】
暗淡，鬱郁不樂★顔が曇る／神情鬱郁寡歡。

【暗い】
陰沉，不明朗，不歡快★暗い音楽／黑暗陰沉的音樂。

【困る】
感覺困難，窘，為難；難辦★お金がなくて、困りました／沒有錢，不知道該怎麼辦才好。

【困る】
窮困★彼女は困っている人を助けた／她救濟了窮困的人。

【さあ】
表示難以判斷，不能明確回答★さあ、よくわかりません／呀！我真不明白。

【大変】
太費勁，真夠受的★毎日のアイロンが大変だ／每天都要用熨斗燙衣服真是太費勁了。

【一寸】
不太容易，表示没那麼簡單★すみません。ちょっとわかりません／不好意思！我不太瞭解。

【難しい】
（病）難以治好，不好治；麻煩，複雜★難しい病気／難以治好的病。

【難しい】
難解決的，難達成一致的，難備齊的★難しい条件／嚴苛的條件。

【よく】
表達困難的情況下也完成了，竟然★よくそんなことが言えるね／那種話竟然也

敢說。

くわえる／加える	加上、加入

【後】
再★後三分で終わる／再三分就結束了。

【今】
再，更（副）★今一度考えてみる／再一次考慮看看。

【入れる】
包含，算上，計算進去；添加，補足★お客さんは私を入れて5人です／包括我客人共五位。

【そうして・そして】
然後；而且；而；又★冬が終わる。そして春が来る／冬天結束了，然後春天來臨了。

【それから】
還有，再加上★鉛筆それから消しゴムを買った／買了鉛筆再加上橡皮擦。

【出る】
參加★試合に出る／參加考試。

【乗る】
參與，參加★相談に乗る／一起商量，幫忙想辦法。

【入る】
加入（成為組織的一員）；進入；硬加入，擠入★大学に入る／進入大學。

【又】
又，再，還★美味しくて、また食べたくなる／美味可口，還想再吃。

【もう】
再，還，另外★もう1ヶ月だけ待ってください／請再等我一個月就好。

【もっと】
程度再更進一步★もっと勉強する／更加努力學習。

●Track-022

こそあど	這個、那個、哪個

【ああ】
那樣；那麼★これをああして、こうしてくださいね／這個請那麼做這麼做。

【あそこ】
那兒，那裡★あそこまで走りましょう／跑到那邊吧！

【あちら】
那裡★男の人はあちらの方へ走って行きました／男子往那個方向跑過去了。

【あの】
那個；那，當★あのかばんがほしいです／我想要那個包包。

【あれ】
那個；那時；那；那裡；那件事★あれは何ですか／那是什麼呢？

【何時】
什麼時候★今度はいつ会いましょうか／我們下次什麼時候碰面？

【ここ】
這裡，這兒；至此★今日の仕事はここまでにしよう／今天的工作就做到這邊吧。

【こちら】
這裡，這邊，這方面★どうぞこちらへ／請往這邊走。

【この】
這，這個★この仕事は 1 時間ぐらいかかるでしょう／這項工作大約要花一個小時吧。

【これ】
這，此；這麼，這樣★これは彼女からもらったネクタイです／這是從她那邊得到的領帶。

【こんな】
這樣的，這麼，如此★彼女の夫はこんな人です／她的丈夫是這樣的人。

【そう】
那樣★あなたはなぜそうしたいのですか／你為什麼想那樣做呢？

【そこ】
那兒，那裡，那邊；那一點；那時★そこにいるのは妹です。かわいいでしょう／站在那邊的是我妹妹，很可愛吧。

【そちら】
那邊，那個★そちらは安いですよ／那邊的比較便宜喔！

【その】
那，那個；那件事★そのテープは 5 本で 600 円です／那個錄音帶，五個賣 600 圓。

【それ】
那個；那件事★それは中国語でなんといいますか／那個的中文怎麼說？

【どこ】
何處，哪裡，哪兒★あなたはどこから来ましたか／你從哪裡來的？

【どちら】
哪邊，哪面，哪兒★お手洗いはどちらですか／洗手間在哪邊呢？

【どの】
哪個，哪★田中さんはどの部屋にいますか／請問田中小姐在哪個房間呢？

【どれ】
哪個，哪一個★どれも買いたい／每個都想買。

【どんな】
怎樣，怎麼樣；如何；哪樣的，什麼樣的★新しい先生はどんな人ですか／新來的老師是什麼樣的人？

【何・何】
什麼，何；哪個★これは何ですか／這是什麼？

【向こう】
那邊，那兒★向こうに見える山／在那邊可以看得見的山巒。

ことわる／断る　　拒絶

【いいえ】
不，不是，沒有★いいえ、まだです／不，還沒有。

【嫌】
厭膩，厭煩到無法忍受，不幹★こんな給料じゃ嫌だ／這樣的薪水我才不幹。

【結構】
不需要★「コーヒーはいかがですか。」「いいえ、けっこうです。」／「要不要喝咖啡呢？」「不需要，謝謝。」

【何・何】
哪裡，沒什麼★何、それでいいんだ／沒什麼，那樣就夠了（不需要了）。

●Track-023

したしい／親しい　　親近

【奧さん】
對別人妻子的尊稱★奧さん、今日魚が安いよ／太太，今天的魚很便宜喔！

【伯父さん・叔父さん】
孩子們對一般中年男人的稱呼★おじさん、すみません、この船に乗りたいんですけど／大叔，不好意思，我想搭乘這艘船。

【お兄さん】
老兄，大哥；對年輕男子親切的稱呼★ここのお兄さんはみんなかっこういいね／這裡的大哥大家都很酷呢！

【お姉さん】
小姐★ここのお姉さんはみんなやさしいね／這裡的小姐大家都很親切呢！

【伯母さん・叔母さん】
大娘；大媽；阿姨★おばさん、すみません。これいくらですか／阿姨，請問這個多少錢呢？

【知る】
認識；熟識★わたしの知っている友達にラインを送った／給我認識的朋友傳LINE。

しまる／閉まる　　關閉

【鍵】
鎖★ドアに鍵をかけましたか／門鎖好了嗎？

【掛ける】
繫上；捆上★箱にテープを掛ける／使用膠帶把箱子捆起來。

【消す】
關掉；熄滅；撲滅★電気を消してから、うちを出ます／關掉電燈後離開家門。

【閉まる】
閉，被關閉，被緊閉★玄関のドアが閉まっている／玄關的門是關著的。

【閉める】
關閉，合上；掩上★母が窓を閉める／

こ・し
ことわる・したしい・しまる

媽媽關上窗戶。

【戸（と）】

門；（玄關的）大門；拉門；窗戶；板窗
★入（い）り口（ぐち）のガラス戸（ど）が閉（し）まっている／
入口的玻璃門關閉著。

【ドア】door

門；扉（とびら）★ドアを閉（し）めて部屋（へや）に戻（もど）る／關
上門回到房間。

【窓（まど）】

窗，窗子，窗戶★窓（まど）を閉（し）めているのに、
風（かぜ）が入（はい）ってきた／窗戶明明關著，風還
是咻咻地吹進來。

しらせる／知らせる　發表

【教（おし）える】

告訴；告知自己知道的事情★道（みち）を教（おし）え
る／指點去路。

【出（だ）す】

登，刊載，刊登；發表★新聞（しんぶん）に出（だ）す／
刊登在報紙上。

【図書館（としょかん）】

圖書館★図書館（としょかん）に本（ほん）を返（かえ）しに行（い）きます
／去圖書館還書。

【ニュース】news

消息，新聞；稀奇事★その人（ひと）、昨日（きのう）の
ニュースに出（で）てましたよ／那個人曾出
現在昨天的電視新聞裡面喔。

【フィルム】film

影片，電影★人間味（にんげんみ）のあるフィルムが

好（す）きだ／我喜歡充滿人情味的電影。

【見（み）せる】

給…看；讓…看；表示，顯示★あのセー
ターを見（み）せてください／請將那件毛衣
拿給我看。

しらべる／調べる　調査

【洗（あら）う】

（徹底）調查，查（清），查明★事件（じけん）の周（しゅう）
辺（へん）を洗（あら）う／徹查事件的週遭背景。

【辞書（じしょ）】

辭典★辞書（じしょ）を引（ひ）きながら、英語（えいご）の本（ほん）を読（よ）
みました／那時一邊查字典一邊閱讀英
文書。

【字引（じびき）】

字典，辭典，詞典，辭書★知（し）らない字（じ）
があって、字引（じびき）を引（ひ）いて、調（しら）べました／
看到不懂的字，查了字典。

【テスト】test

試驗，測驗，考試，檢驗★テストは難（むずか）
しくて、全然（ぜんぜん）できませんでした／考題很
難，我完全不會作答。

【引（ひ）く】

查（字典）★人（ひと）に聞（き）くより辞書（じしょ）を引（ひ）いた
ほうがいい／與其問人，不如查字典來
得好。

【見（み）る】

查看，觀察★答案（とうあん）をみる／查看答案。

しる／知る 知曉、認識

【明るい】

熟悉，精通★アメリカのことに明るい／精通美國各種情勢。

【売る】

揚名★名を売る／沽名釣譽。

【お茶】

茶道★お茶を習う／學習茶道。

【覚える】

記住，記得，記憶；學會；領會，掌握，懂得★この言葉はたいせつですから、覚えてください／這個句話非常重要，請務必記住。

【鍵】

（解決的）關鍵★幸せの鍵は何ですか／幸福的關鍵是什麼？

【語】

單詞★難しい語の発音を習う／學習艱深單字的發音。

【言葉】

語言，單詞★言葉が分かりませんから、外国旅行は嫌いです／我不懂外語，所以不喜歡出國旅遊。

【雑誌】

雜誌；期刊★この図書館で雑誌を借りました／在這間圖書館借了雜誌。

【質問】

質詢；詢問，提問；問題★質問のある人は手をあげてください／有問題的人請舉手。

【宿題】

有待將來解決的問題，懸案★今の問題は宿題にする／這個問題就當作業。

【知る】

知道；知曉；懂得；理解★私は李さんを知っています／我認識李小姐。

【新聞】

報紙，報★毎朝新聞を読んでから、会社へ行きます／我每天早上都會先讀報紙後，才去上班。

【吸う】

吸收★もち米はよく水を吸う／糯米吸水力強。

【習う】

學習；練習★母に料理を習いました／我向媽媽學了烹飪。

【ノート】notebook 之略

筆記本，本子★ノートに何度も書いて、日本語の単語を覚えた／我反覆在筆記上書寫默記了日文詞彙。

【広い】

廣泛★広い意味を持つ／有廣泛的意思。

【勉強】

用功學習，用功讀書；學習知識，積累經驗★この本を使って勉強します／用這本書研讀。

【本】

書；書本，書籍★本を見ないで、答えなさい／回答時請不要看書。

【目】

眼力；識別力；見識★プロの目／職業的鑑賞力。

【読む】

看，閱讀★考えが青いよ。いろんな本を読んで勉強しなさい／你的想法太幼稚了！應當廣泛涉獵各種領域的書籍。

【読む】

體察，忖度，揣摩，理解，看懂★犬の心を読む／忖度狗狗的心思。

【練習】

練習，反覆學習★まっすぐ線を引いて、字の練習をします／劃上直線練習寫字。

【忘れる】

忘掉；忘卻，忘懷★私は、あなたを忘れません／我沒有忘記你。

● Track-025

すきだ／好きだ	喜歡

【御・御】

您(的)…，貴…；表示尊敬；表示鄭重，有禮貌★おいくつですか／您幾歲？

【可愛い】

討人喜歡；寶貴的★世界一可愛い赤ちゃんが産まれた／生了世界第一可愛的嬰兒。

【さあ】

表示如願以償時的喜悦★さあ、できたぞ／噢！完成啦！

【好き】

喜好，喜愛，愛好，嗜好★旅行が好きだ／我喜歡旅行。

【大好き】

最喜歡，非常喜愛，最愛★台湾が大好きです／最喜歡台灣了。

すぎる／過ぎる	經過、過度、過去

【一昨日】

前天★おとといの夜、何を食べたか覚えていません／不記得前天晚上吃了什麼。

【昨日】

昨天，昨日★昨日のことは何にも覚えていません／昨天發生的事情什麼都不記得了。

【過ぎ】

過度，太；過分★食べ過ぎはよくない／過度飲食有害健康。

【する】

經過…時間★一年もしたら忘れるだろう／過了一年的話，就會忘了吧！

【時】

時期；季節★子どもの時は，にぎやかな都会が好きでした／孩童時期，喜歡繁華熱鬧的都會。

【もう】

已經，已★もう5時半になりました／已經五點半了。

すくない／少ない　少的

【一日】

短期間★ローマは一日にして成らず／
羅馬不是一天建成的。

【薄い】

少，稀，缺乏★望みが薄い／希望渺茫。

【薄い】

薄，物體的厚度小★肉を薄く切る／把
肉切成薄片。

【軽い】

輕；輕微；簡單；輕鬆，快活★荷物が
軽い／行李很輕。

【消える】

消除；磨滅（感情或印象變為淡薄而消失）
★消えない印象／無法磨滅的印象。

【切る】

打破，突破最低限度★１キロメートル２
分50秒を切る／打破一公里２分50秒
的紀錄。

【くらい・ぐらい】

一點點，些許，微不足道；表示小看、蔑
視心情★これくらいできるでしょう／
這麼點小事能處理吧！

【少ない】

不多的；年歲小的★客が少ない／客人
寥寥可數。

【少し】

一點，有點，些、少許，少量，稍微★

少し休みましょう／稍微休息一下吧！

【だけ】

只，只有，僅僅，就（表限定）★二人だ
けで行く／只有兩個人前往。

【だけ】

只，只要，光，就（表被限定的條件）★
名前だけ覚えてください／只有名字，
請你務必記住。

【小さい】

微少的；瑣碎的★影響が小さい／影響
微小。

【一寸】

一會兒，一下；暫且（表示數量不多，程
度不深，時間很短等）★ちょっと待って
ください／請等一下。

【時々】

偶然的★私たちはときどきパーティー
で会った／我們偶然在宴會上碰面了。

【未だ】

才，僅，不過★帰国してから未だ三日
だ／回國才不過三天而已。

【短い】

（經過的時間）短少；（距離、長度）短，
近，小★短い時間で草を取る／用很短
的時間除草。

【もっと】

再稍微，再…一點★愛をもっとください
／請再多給我一點愛。

【若い】

（年紀）小，年齡、數字很小★優子はわ
たしより三つ若い／優子比我年輕三歲。

する	做（動作）

【押す】
不顧★病気を押して出かける／不管有病在身仍然外出。

【会社】
公司（上班工作的地方）★会社の帰りにカラオケに行った／下班後去唱了卡拉OK。

【掛かる】
著手，從事★仕事に掛かる／著手進行工作。

【掛ける】
打（電話）★電話をかける／打電話。

【仕事】
工作；活兒，事情；職業，職務★毎朝9時から午後6時まで仕事をします／每天從早上9點到晚上6點要工作。

【締める】
勒緊，繫緊；束緊；繃緊★ネクタイを締める／繫上領帶。

【宿題】
課外作業★宿題の作文が書けなくて、泣きたくなりました／習題裡的作文寫不出來，都快急哭了。

【する】
做，幹，辦★仕事をしているから、忙しいです／我正在工作，所以很忙。

【台所】
廚房，伙房，燒飯做菜的屋子★台所で料理を作ります／在廚房做菜。

【出す】
達成（紀錄）★新記録を出す／達成新紀錄。

【使う】
擺弄，耍弄，玩弄★人形を使う／操縱木偶。

【勤める】
工作，做事，上班；任職★出版社に勤める／在出版社上班。

【ネクタイ】necktie
領帶★色のきれいなネクタイを締めました／繫了一條花色很美的領帶。

【パーティー】party
（社交性或娛樂性）會，集會；茶會，舞會，晚會，聯歡會，聚餐會★パーティーを開く／舉辦派對。

【働く】
工作；勞動，做工★70歳まで働く／工作到70歲。

【番】
班，輪班★次は田中さんが読む番です／下一個換田中念了。

【道】
方法；手段★生きる道がない／沒有活下去的方法。

【見る】
照顧★子どもの面倒を見る／照料小孩。

【やる】
做，幹，進行★この仕事は、明日中にやります／這份工作將在明天之內完成。

【料理】
<ruby>料理<rt>りょうり</rt></ruby>

料理，處理★<ruby>私<rt>わたし</rt></ruby>は<ruby>日本<rt>にほん</rt></ruby>へ<ruby>日本料理<rt>にほんりょうり</rt></ruby>の<ruby>勉強<rt>べんきょう</rt></ruby>に来ました／我來到日本是為了學習日本料理。

ぜんぶ／全部	全部

【一々】
<ruby>一々<rt>いちいち</rt></ruby>

全部★<ruby>問題文<rt>もんだいぶん</rt></ruby>をいちいち<ruby>読<rt>よ</rt></ruby>む／一一讀過題目文章。

【綺麗】
<ruby>綺麗<rt>きれい</rt></ruby>

完全，徹底，乾乾淨淨★<ruby>綺麗<rt>きれい</rt></ruby>に<ruby>忘<rt>わす</rt></ruby>れました／徹底忘得一乾二淨。

【中】
<ruby>中<rt>じゅう</rt></ruby>

全，整★<ruby>今<rt>いま</rt></ruby>は<ruby>一年中<rt>いちねんじゅう</rt></ruby>で<ruby>一番暑<rt>いちばんあつ</rt></ruby>いときです／現在是一年之中最熱的時節。

【全部】
<ruby>全部<rt>ぜんぶ</rt></ruby>

全部，都；整套書籍★これで<ruby>全部<rt>ぜんぶ</rt></ruby>ですか／這是全部嗎？

【だけ】

盡量，盡可能，盡所有★できるだけ<ruby>明<rt>あか</rt></ruby>るい<ruby>人<rt>ひと</rt></ruby>と<ruby>友達<rt>ともだち</rt></ruby>になりたい／希望盡可能結交活潑開朗的朋友。

【みんな】

全，都，皆，一切★この<ruby>部屋<rt>へや</rt></ruby>にいる<ruby>学生<rt>がくせい</rt></ruby>たはみんな<ruby>台湾人<rt>たいわんじん</rt></ruby>です／這個房間裡的學生們都是台灣人。

【渡す】
<ruby>渡<rt>わた</rt></ruby>す

遍及★<ruby>海<rt>うみ</rt></ruby>を<ruby>見渡<rt>みわた</rt></ruby>す／眺望大海。

そだつ／育つ	成長

【秋】
<ruby>秋<rt>あき</rt></ruby>

秋收★<ruby>実<rt>みの</rt></ruby>りの<ruby>秋<rt>あき</rt></ruby>／豐收的秋天。

【犬】
<ruby>犬<rt>いぬ</rt></ruby>

狗★<ruby>庭<rt>にわ</rt></ruby>に<ruby>犬<rt>いぬ</rt></ruby>が<ruby>三匹<rt>さんびき</rt></ruby>います／院子裡有三隻狗。

【咲く】
<ruby>咲<rt>さ</rt></ruby>く

開（花）★<ruby>庭<rt>にわ</rt></ruby>に<ruby>赤<rt>あか</rt></ruby>い<ruby>花<rt>はな</rt></ruby>が<ruby>咲<rt>さ</rt></ruby>きました／院子裡紅色的花開了。

【静か】
<ruby>静<rt>しず</rt></ruby>か

平静，安静，沉静，文静★<ruby>静<rt>しず</rt></ruby>かな<ruby>人<rt>ひと</rt></ruby>になりたい／希望成為一個文静而體貌素雅的人。

【すぐ】

（性格）正直，耿直★<ruby>彼<rt>かれ</rt></ruby>は<ruby>直<rt>すぐ</rt></ruby>な<ruby>人<rt>ひと</rt></ruby>だ／他是一個耿直的人。

【狭い】
<ruby>狭<rt>せま</rt></ruby>い

（精神上）心胸不寬廣，肚量小★<ruby>心<rt>こころ</rt></ruby>が<ruby>狭<rt>せま</rt></ruby>い<ruby>人<rt>ひと</rt></ruby>は、<ruby>人<rt>ひと</rt></ruby>の<ruby>成功<rt>せいこう</rt></ruby>を<ruby>喜<rt>よろこ</rt></ruby>べない／心胸狹窄的人，不會為他人的成功而感到開心。

【卵】
<ruby>卵<rt>たまご</rt></ruby>

未成熟者，尚未成形★<ruby>医者<rt>いしゃ</rt></ruby>の<ruby>卵<rt>たまご</rt></ruby>／未來的醫生。

【出来る】
<ruby>出来<rt>でき</rt></ruby>る

出產作物等★<ruby>今年<rt>ことし</rt></ruby>は<ruby>米<rt>こめ</rt></ruby>がよくできた／今年的稻米的收成情形良好。

【猫】
<ruby>猫<rt>ねこ</rt></ruby>

貓★<ruby>猫<rt>ねこ</rt></ruby>が、おなかがすいて<ruby>鳴<rt>な</rt></ruby>いていま

す／貓咪肚子餓得喵喵叫。

【花<ruby>はな<rt></rt></ruby>】
花；櫻花；梅花★<ruby>桜<rt>さくら</rt></ruby>の<ruby>花<rt>はな</rt></ruby>が<ruby>咲<rt>さ</rt></ruby>きました／櫻花開了。

【広<ruby>ひろ<rt></rt></ruby>い】
度量寬廣★<ruby>胸<rt>むね</rt></ruby>が<ruby>広<rt>ひろ</rt></ruby>い／心胸寬廣。

【牡丹<ruby>ぼたん<rt></rt></ruby>】
牡丹花★<ruby>彼女<rt>かのじょ</rt></ruby>は<ruby>牡丹<rt>ぼたん</rt></ruby>の<ruby>花<rt>はな</rt></ruby>が<ruby>好<rt>す</rt></ruby>きだ／她喜歡牡丹花。

【曲<ruby>ま<rt></rt></ruby>がる】
（心地，性格等）歪邪，不正★<ruby>心<rt>こころ</rt></ruby>の<ruby>曲<rt>ま</rt></ruby>がっている<ruby>人<rt>ひと</rt></ruby>／性格扭曲的人。

【真<ruby>ま<rt></rt></ruby>っ直<ruby>す<rt></rt></ruby>ぐ】
正直，耿直，坦率，直率★<ruby>真<rt>ま</rt></ruby>っ<ruby>直<rt>す</rt></ruby>ぐな<ruby>人<rt>ひと</rt></ruby>と<ruby>出会<rt>であ</rt></ruby>いたい／希望能與性格直率坦白的人相遇。

【短<ruby>みじか<rt></rt></ruby>い】
性急的，急性子的★<ruby>彼<rt>かれ</rt></ruby>は<ruby>気<rt>き</rt></ruby>が<ruby>短<rt>みじか</rt></ruby>くて<ruby>嫌<rt>きら</rt></ruby>いです／他性情急躁我很討厭。

【難<ruby>むずか<rt></rt></ruby>しい】
愛挑剔，愛提意見，好抱怨；不好對付；脾氣別扭的人★<ruby>服<rt>ふく</rt></ruby>に<ruby>難<rt>むずか</rt></ruby>しい<ruby>人<rt>ひと</rt></ruby>／對穿著挑剔的人。

たかい／高い	高的、地位高的

【上<ruby>あ<rt></rt></ruby>げる】
提高，抬高；增加★スピードを<ruby>上<rt>あ</rt></ruby>げる／加快速度。

【一番<ruby>いちばん<rt></rt></ruby>】
最初，第一，最前列★<ruby>一番列車<rt>いちばんれっしゃ</rt></ruby>に<ruby>乗<rt>の</rt></ruby>る／搭乘最前列列車。

【上<ruby>うえ<rt></rt></ruby>】
天皇；諸侯★<ruby>上<rt>うえ</rt></ruby>の<ruby>命令<rt>めいれい</rt></ruby>だ／天皇的命令。

【上<ruby>うえ<rt></rt></ruby>】
（比自己程度、年齡、地位）高★<ruby>二歳上<rt>にさいうえ</rt></ruby>の<ruby>人<rt>ひと</rt></ruby>と<ruby>結婚<rt>けっこん</rt></ruby>しました／跟比自己大兩歲的人結了婚。

【背<ruby>せ<rt></rt></ruby>・背<ruby>せい<rt></rt></ruby>】
山脊，嶺巔★<ruby>山<rt>やま</rt></ruby>の<ruby>背<rt>せ</rt></ruby>を<ruby>歩<rt>ある</rt></ruby>く／沿著山脊走。

【大切<ruby>たいせつ<rt></rt></ruby>】
貴重，寶貴；價值很高★<ruby>大切<rt>たいせつ</rt></ruby>な<ruby>書類<rt>しょるい</rt></ruby>／重要的文件。

【高<ruby>たか<rt></rt></ruby>い】
金額大★<ruby>物価<rt>ぶっか</rt></ruby>が<ruby>高<rt>たか</rt></ruby>くなる／物價上漲。

【高<ruby>たか<rt></rt></ruby>い】
高的（個子、地位，程度，鼻子等）★<ruby>その<rt></rt></ruby><ruby>子<rt>こ</rt></ruby>は<ruby>背<rt>せ</rt></ruby>が<ruby>高<rt>たか</rt></ruby>いですか／那孩子個子高嗎？

【山<ruby>やま<rt></rt></ruby>】
山★<ruby>山<rt>やま</rt></ruby>に<ruby>近<rt>ちか</rt></ruby>いところに<ruby>住<rt>す</rt></ruby>みたいですね／我好想住在山邊喔。

【山<ruby>やま<rt></rt></ruby>】
高潮，關鍵，頂點★<ruby>病気<rt>びょうき</rt></ruby>は<ruby>今夜<rt>こんや</rt></ruby>が<ruby>山<rt>やま</rt></ruby>だ／病情變化今晚是關鍵。

【立派<ruby>りっぱ<rt></rt></ruby>】
高雅，高尚，崇高★<ruby>君<rt>きみ</rt></ruby>の<ruby>考<rt>かんが</rt></ruby>えは<ruby>立派<rt>りっぱ</rt></ruby>だ／你的見解高超。

だす／出す ｜ 取出

【掛ける】

繳（款）★毎月三千円ずつ保険料を掛ける／每個月繳交三千圓的保險費。

【貸す】

幫助，提供；使用自己的智慧、知識、力量或能力為他人服務★手を貸す／幫忙。

【出す】

出；送；拿出，取出；掏出★財布を出す／掏出錢包。

【出す】

寄；發★手紙を出す／寄出信件。

【使う】

贈送；給★賄賂を使う／行賄。

【出る】

提供飲料、食物★ビールが出る／提供啤酒。

【花】

（給藝人的）賞錢；（給藝妓的）酬金★役者に花をあげる／給演員賞錢。

たのむ／頼む ｜ 請求

【押す】

壓倒；強加於人★この方針で押していく／以此方針，強行通過。

【お願いします】

拜託了★先に帰りますので、あとはよろしくお願いします／我先回去了，後續事務麻煩你們了。

【下さい】

請給（我）…★飲み物をください／請給我飲料。

【すみません】

勞駕，對不起，借過★すみません。車のかぎを取ってください／不好意思，麻煩把車鑰匙遞給我。

【頼む】

委託，托付（托付別人為自己做某事）★この荷物を頼みますよ／這件行李就麻煩你照看一下了。

【頼む】

請求，懇求，囑託（懇請別人能按自己所希望的那樣去做）★頼むから、喧嘩しないで／求求你，別吵架了。

【頼む】

請，雇★医者を頼む／請大夫。

【どうぞ】

請（指示對方）★中へどうぞ／請進。

● Track-028

たべる／食べる ｜ 吃

【朝ご飯】

早飯★よく寝ましたので、朝ご飯がおいしい／睡得好，早餐吃起來就特別香。

【甘い】

口味淡的★甘いおみそ汁を作りました

／做了口味清淡的味噌湯。

【薄い】

（味道）淡，淺★最近、何を食べても味が薄い／最近不管吃什麼都覺得淡然無味。

【美味しい】

味美的；好吃的★家族みんなでワイワイ食べる晩ご飯がおいしい／全家人熱熱鬧鬧一起吃的晚飯顯得格外美味。

【お菓子】

點心，糕點，糖果★これは、甘いお菓子です／這是甜的點心。

【お皿】

碟子；盤子★食べ物をお皿に取る／把食物放到盤子上。

【お弁当】

便當★お弁当を作る／做便當。

【辛い】

鹹；辣★白菜漬けで塩を入れすぎて辛い／醃製白菜放入過量的鹽巴而太鹹了。

【牛肉】

牛肉★牛肉を柔らかくする／把牛肉變軟。

【果物】

水果，鮮果★野菜と果物をたくさん食べましょう／要多吃蔬菜和水果喔。

【ごちそうさまでした】

我吃飽了，謝謝款待★ごちそうさまでした！ああ、おいしかった／謝謝招待！哎，真是太好吃了。

【ご飯】

米飯；飯食、吃飯的禮貌說法★1日に3回、ご飯を食べる／每天吃三餐。

【砂糖】

白糖，砂糖★コーヒーに砂糖を入れます／在咖啡裡加砂糖。

【塩】

食鹽；鹹度★塩をかける／灑鹽。

【醤油】

醬油★きゅうりを醤油でつける／以醬油醃製小黃瓜。

【食堂】

食堂，餐廳★大学の食堂は味がよくて、値段も安い／大學附設餐廳的餐點不但好吃，價錢也很便宜。

【吸う】

吮，吮吸，嘬，啜，喝★赤ん坊が母親の乳を吸う／嬰兒吮吸母親的奶。

【スプーン】spoon

湯匙，勺子，調羹★スプーンに一杯のオリーブ油を飲みました／喝了一湯匙的橄欖油。

【煙草】

菸草，菸★お父さんは灰皿を持って、たばこを吸っています／爸爸端著菸灰缸正在抽菸。

【食べ物】

食物，吃食，吃的東西★私の好きな食べ物は、バナナです／我喜歡的食物是香蕉。

【食べる】
吃★食べたい物は、何でも食べてください／喜歡吃的東西請隨意享用。

【卵】
雞蛋★卵と牛乳でプリンを作ります／用雞蛋和牛奶做布丁。

【茶碗】
碗，茶杯，飯碗★ご飯を茶碗に入れる／把米飯盛入碗中。

【テーブル】table
桌子，台子(桌)，飯桌，餐桌★テーブルにつく／入座。

【鳥】
禽肉；禽類的肉，尤指雞肉★焼き鳥を作ってみたい／我想做做看烤雞。

【鶏肉・鳥肉】
雞肉★主人は、鳥肉が好きです／我先生喜歡吃雞肉。

【取る】
吃★夕飯をとる／吃晚飯。

【肉】
肉★肉を切って、料理を作る／切肉，做料理。

【歯】
齒，牙，牙齒★あれで歯を磨きます／用那個刷牙。

【箸】
筷子，箸★ご飯は箸で食べますが、すしは手で食べます／吃米飯時會用筷子，但吃壽司時是直接伸手拿取。

【バター】butter
奶油★パンにバターを塗って食べるのが好きです／我喜歡把奶油塗在麵包上吃。

【パン】(葡) pão
麵包★パンとサラダを食べました／吃了麵包和沙拉。

【晩】
晚飯，晚餐★晩のおかず／晚飯吃的菜肴。

【晩ご飯】
晚飯★晩ご飯はだいたい7時ごろ食べます／大概七點左右吃晚餐。

【昼】
午飯，中飯★お昼にしましょう／吃午餐吧！

【昼ご飯】
午飯★昼ご飯はいつもコンビニのお弁当です／我總是以便利商店的盒餐打發午飯。

【フォーク】fork
叉子，肉叉★肉をナイフで小さく切って、フォークで食べました／用刀子把肉切成小塊，用叉子吃了。

【豚肉】
豬肉★豚肉か牛肉かどちらにしますか／豬肉和牛肉要哪一種？

【古い】
不新鮮★古い魚を食べて、病気になりました／吃了不新鮮的魚，生病了。

【不味い】

不好吃；難吃★この<ruby>料理<rt>りょうり</rt></ruby>はまずいです／這道菜很難吃。

【<ruby>野菜<rt>やさい</rt></ruby>】

菜，蔬菜，青菜★<ruby>野菜<rt>やさい</rt></ruby>を<ruby>作<rt>つく</rt></ruby>る／種植蔬菜。

【やる】

吃，喝★<ruby>帰<rt>かえ</rt></ruby>りに<ruby>一杯<rt>いっぱい</rt></ruby>やりませんか／回家路上去喝一杯如何？

【<ruby>夕飯<rt>ゆうはん</rt></ruby>】

晚飯，晚餐，傍晚吃的飯★<ruby>夕飯<rt>ゆうはん</rt></ruby>を<ruby>作<rt>つく</rt></ruby>って、<ruby>夫<rt>おっと</rt></ruby>の<ruby>帰<rt>かえ</rt></ruby>りを<ruby>待<rt>ま</rt></ruby>っています／做好晚飯等先生回來。

【レストラン】(法) restaurant

餐廳，西餐館★このレストランは<ruby>犬<rt>いぬ</rt></ruby>も<ruby>一緒<rt>いっしょ</rt></ruby>に<ruby>入<rt>はい</rt></ruby>ることができる／這家餐廳可以帶狗一起入店。

● Track-029

ちいさい／小さい	小的

【<ruby>可愛<rt>かわい</rt></ruby>い】

小巧玲瓏★<ruby>可愛<rt>かわい</rt></ruby>い<ruby>箱<rt>はこ</rt></ruby>／小巧精緻的盒子。

【<ruby>狭<rt>せま</rt></ruby>い】

窄；狹小；狹窄★<ruby>狭<rt>せま</rt></ruby>い<ruby>部屋<rt>へや</rt></ruby>／狹小的房間。

【<ruby>小<rt>ちい</rt></ruby>さい】

小的★<ruby>小<rt>ちい</rt></ruby>さい<ruby>箱<rt>はこ</rt></ruby>／小箱子。

【ポケット】pocket

袖珍，小型★ポケット・カメラ／袖珍照相機。

【<ruby>細<rt>ほそ</rt></ruby>い】

細，纖細；狹窄，窄★<ruby>細<rt>ほそ</rt></ruby>い<ruby>道<rt>みち</rt></ruby>／狹窄的馬路。

ちかい／近い	近的

【<ruby>明日<rt>あした</rt></ruby>】

（最近的）將來★<ruby>明日<rt>あした</rt></ruby>に<ruby>備<rt>そな</rt></ruby>えてゆっくり<ruby>休<rt>やす</rt></ruby>んで／為將來準備，好好休息一下。

【<ruby>洗<rt>あら</rt></ruby>う】

沖刷；波浪來回拍擊（近的）岸邊★<ruby>波<rt>なみ</rt></ruby>が<ruby>岸<rt>きし</rt></ruby>を<ruby>洗<rt>あら</rt></ruby>う／波浪來回拍擊岸邊。

【<ruby>今<rt>いま</rt></ruby>】

（最近的將來）馬上；（最近的過去）剛才★<ruby>今<rt>いま</rt></ruby>すぐ<ruby>君<rt>きみ</rt></ruby>に<ruby>会<rt>あ</rt></ruby>いたい／現在立刻想見你。

【<ruby>昨日<rt>きのう</rt></ruby>】

近來，最近，（最近的）過去★それを<ruby>昨日<rt>きのう</rt></ruby>のことのように<ruby>覚<rt>おぼ</rt></ruby>えているけど、<ruby>本当<rt>ほんとう</rt></ruby>は15<ruby>年<rt>ねん</rt></ruby>も<ruby>前<rt>まえ</rt></ruby>のことだ／那件事記憶鮮明像最近發生的，但其實是15年前的事。

【<ruby>今日<rt>きょう</rt></ruby>】

某年、某週的同一天★<ruby>昨年<rt>さくねん</rt></ruby>の<ruby>今日<rt>きょう</rt></ruby>、<ruby>桜<rt>さくら</rt></ruby>を<ruby>見<rt>み</rt></ruby>に<ruby>行<rt>い</rt></ruby>った／去年的今天去賞了櫻。

【<ruby>兄弟<rt>きょうだい</rt></ruby>】

盟兄弟；哥們★あなたのことは<ruby>兄弟<rt>きょうだい</rt></ruby>のように<ruby>思<rt>おも</rt></ruby>ってる／我把你當作兄弟一樣對待。

【ここ】

近來，現在★ここ<ruby>数<rt>すう</rt></ruby><ruby>ヶ月<rt>げつ</rt></ruby>は<ruby>忙<rt>いそが</rt></ruby>しい／這

幾個月忙得不可開交。

【先】
前程★先の楽しみな青年／前程令人期待的年輕人。

【すぐ】
（距離）極近，非常，緊★駅はすぐそこですよ／車站就在那裡喔！

【側・傍】
側，旁邊，附近★雪子さんの家は公園のそばにあります／雪子小姐的家就在公園的隔壁。

【近い】
近似；近乎…，近於★あの味に近い／接近那個味道。

【近い】
（距離、時間）近；接近，靠近，靠；快，將近★公園は海に近い／公園鄰近海邊。

【近く】
不久，近期，即將★近くに行く予定です／預定近期前往。

【近く】
近乎，將近，幾乎，快，快了★千円近くある／有將近一千圓。

【近く】
近處，近旁，附近★町はすぐ近くにある／小鎮就在這附近。

【隣】
旁邊；隔壁；鄰室；鄰居，鄰家★私の家の隣にレストランがあります／我家旁邊有間餐廳。

【隣】
鄰邦，鄰國★日本の隣は韓国だ／日本的鄰國是韓國。

【辺】
一帶★この辺には大きいお寺があった／這一帶有建築宏偉的寺廟。

【もう】
馬上就要，快要★今日の雨で桜はもう終わりでしょうね／今天這場雨，賞櫻期就將結束了吧！

【横】
旁邊★椅子の横におく／放到椅子的旁邊。

ちがう／違う	不同、錯誤

【色々】
各種各樣，形形色色；方方面面★駅の前にいろいろな店が並んでいます／車站前各式各樣的商店櫛比鱗次。

【外国】
外國，國外，外洋★外国からも、たくさんの人が来ました／那天也來了許多國外人士。

【外国人】
外國人★マイケルさんは外国人ですが、日本語が上手です／邁克先生雖是外國人卻精通日語。

【違う】
不同，不一樣；不一★大きさが違う／

大小不同。

【違う】
不對，錯★道が違う／走錯路了。

【他】
別的，另外，其他，其餘★他の店に変えよう／我們換其他家店吧。

【又】
另，別，他，改★さよなら。また会いましょう／再見，改日再見囉。

● Track-030

つかう／使う	使用

【掛ける】
花費，花★好きなことに時間を掛ける／在喜歡的事情上花時間。

【貸す】
租給，租出，出租；賃（把自己的物品租借給他人使用，並收取金錢）★アパートを学生たちに貸す／把公寓出租給學生們。

【茶碗】
陶瓷器的總稱★デパートで茶碗を三つ買いました／我在百貨公司裡買了三只碗。

【使う】
使用（人）；雇傭★家政婦を使う／雇用女傭人。

【使う】
使，用，使用★塩と醤油を使って料理を作ります／用鹽和醬油做料理。

【引く】
引用（詞句）；舉（例）★二つの例を引いてみる／試著引用兩個例子。

【便利】
便利，方便；便當★バスは便利で速いですよ／巴士方便又快速。

つく／着く	達到、到達

【一番】
最，程度最高的★今年一番寒い日に釣りに行く／今年最冷的一天我去釣魚。

【着く】
到，到達，抵達★電車は10時に東京駅に着きました／電車在十點抵達了東京車站。

【着く】
寄到；運到★荷物が昨日着いた／行李昨天送到了。

【出る】
到達，通達★駅に出る／到了車站。

【登る】
達到，高達★風邪を引いた人は3万人に登った／感冒的人高達三萬人。

つく／付く	附著

【切手】
郵票★50円の切手を7枚ください／請給我7張50圓郵票。

【差す】

透露，泛出，呈現★顔に赤が差す／臉
上發紅。

【着く】

達到；夠著★手が床に着く／手碰到地
板。

【テープ】tape

膠帶，窄帶，線帶，布帶，紙帶★テー
プで貼る／以膠帶黏貼。

【貼る】

黏，貼，糊★封筒に切手を貼る／在信
封上貼郵票。

【引く】

引進（管、線），安裝（自來水等）；架設
（電線等）★電話を引く／安裝電話。

【引く】

塗，敷，塗上一層★フライパンに油を
引く／在平底炒菜鍋裡抹上一層油。

【ボタン】(葡) botão／button

鈕扣，扣子★ボタンをはめる／扣釦子。

【持つ】

帶，攜帶，帶在身上★金を持っていま
す／身上帶著錢。

| つぐ／次ぐ | 接著 |

【後】

之後，其次★電車が後から後からやっ
てくる／電車一輛接一輛地開了進來。

【後】

以後（時間相關）★あと三日で仕事が終

わる／再過三天工作就完成了。

【先】

下文，接著後面的部分★物語のさき／
故事的下文。

【それから】

其次，接著，以後，而且★手を洗って、
それから食事をしましょう／洗洗手，
接著吃飯吧！

【次】

下次，下回；其次，第二；下一（個）；
下面；接著★次の駅で降りる／在下一
站下電車。

【次】

次，第二；其次，次等★成績が課長の
次にまで上りました／成績竄升到居於
課長之次。

【次】

接二連三（地）；接連不斷（地）★仕事が
次から次に入って来る／工作接二連三
地到來。

【日】

第…天★夏休みの一日目／暑假的第一
天。

【向こう】

從現在起，從今以後，今後★向こう一
週間のお天気／從現在開始一週的天氣。

●Track-031

| つくる／作る | 建、做、組成、製作 |

【家】

つ

つめたい

房，房子，房屋（人居住的建築物）★私の家は駅のそばにあります／我家就在車站的旁邊。

【入れる】
倒入熱水沖泡飲料★お茶を入れる／泡茶。

【家】
家庭★結婚して家を持つ／結婚成家。

【生まれる】
誕生，產生新事物★新しい本が生まれる／新書問世了。

【木】
木頭，木材，木料★こんな良い木で造った家は見たことがない／沒有見過由如此好的木頭蓋的房子。

【コピー】copy
文稿★コピー・ライター／文案寫稿員。

【建物】
房屋；建築物★駅はあそこの茶色の建物の隣です／那棟咖啡色的建築物旁的就是車站。

【作る】
做；造；製造；建造；鑄造★木で家を作る／用木頭建造房子。

【出来る】
做出，建成★木でできている／用木頭做的。

【始める】
開創，創辦★花屋を始める／經營花店。

【吹く】

鑄造★銅を吹く／鑄造銅。

【物】
產品（製品）；作品；…做的★初めて書いた物でまだ下手です／第一次寫的作品，還很差。

【屋】
房屋，房子，房頂，屋脊★花屋で働く／在花店工作。

【料理】
烹調，烹飪★謝さんは魚を料理するのが得意だ／謝先生料理魚的廚藝十分高明。

【レコード】record
成績，記錄；最高記錄★すばらしいレコードが出た／創造出不凡的紀錄。

| つめたい／冷たい | 冰冷的 |

【秋】
秋天★涼しい秋／涼爽的秋天。

【寒い】
冷，寒冷★今日は風が強くて寒いです／今天風很強，非常的冷。

【涼しい】
涼快，涼爽★北海道の夏は涼しいです／北海道的夏天很涼爽。

【冷たい】
（接觸時感覺溫度非常低的樣子）冷；涼★冷蔵庫で、水を冷たくします／把水放在冰箱冷藏。

【冬】
冬天★今年の冬は一回スキーに行きました／今年冬天去滑過一次雪。

【冷蔵庫】
冰箱，冷庫，冷藏室★冷蔵庫の中に何もありません／冰箱空空如也。

つよい／強い	強的、有力的、強勁的

【元気】
身體結實，健康；硬朗★お父さんとお母さんは、お元気ですか／令尊令堂是否安好無恙？

【丈夫】
健康，壯健★たくさん歩いて、足を丈夫にします／盡量走路讓腿力變強。

【強い】
強壯的；強而有力的★体が強い／身體健壯。

【電気】
電，電氣；電力★ここはまだ電気がきていない／這裡還沒有通電。

【取る】
奪取，強奪，強占，吞併★天下を取る／奪取天下。

【長い】
不慌不忙的，慢悠悠的，悠閒的（精神上有持續力）★彼はとても気が長いよ／他是個十足的慢性子喔！

【右】
勝過；比…強★テニスでは彼の右に出る人はいません／論網球沒有比他強的人了。

でる／出る	出去

【上げる】
吐出來，嘔吐★酒を飲みすぎて上げる／酒喝過多而嘔吐。

【お手洗い】
廁所，便所；盥洗室★お手洗いはどこですか／請問洗手間在哪裡呢？

【先】
尖兒，尖端，頭兒，末梢★枝の先に鳥がとまっている／鳥兒停留在樹梢上。

【外】
社會，外界★外の世界で学ぶ／在外面的世界多加學習。

【側・傍】
旁觀，局外★側から口を出す／從旁插嘴。

【出す】
伸出；挺出；探出★窓から首を出さないでください／頭不要伸出窗外。

【立つ】
出發，動身★日本へ立つ／動身前往日本。

【出口】
出口★駅の3番出口で待っていてください／請在車站的三號出口等著我。

【出る】
出，出去，出來★出口を出る／從出口出來。

【出る】
出發★バスが出る／巴士要開了。

【トイレ】toilet
廁所★トイレのあとで、手を洗いましょう／上完廁所後要記得洗手喔。

【吹く】
草木發芽★春に新しい芽が吹く／春天花草樹木冒出新芽。

てんき／天気	天氣

【明るい】
明亮★明るい部屋にする／把房間擺設得明亮通透。

【掛かる】
覆蓋★霧が掛かる／雲霧籠罩。

【風】
風★今日は一日中涼しい風が吹いていました／今天整天吹著涼爽舒適的風。

【曇る】
陰天★空が曇ってきます／天色陰雲密佈起來了。

【暗い】
暗，昏暗，黑暗★部屋が暗い／屋子昏暗。

【空】
天，天氣★空が暗くなってきた／天氣轉陰了。

【天気】
天氣★今日はいい天気です。プールに泳ぎに行きましょう／今天天氣真好！我們去游泳池游泳吧。

【晴れる】
晴，放晴★明日は晴れるでしょう／明天應是晴朗的天氣。

【吹く】
風吹，風颳★今日は強い風が吹いています／今天吹著強風。

とう／問う	詢問

【如何】
如何；為什麼；怎麼樣★食事のあとにコーヒーはいかがですか／飯後來杯咖啡如何呢？

【聞く】
詢問★日本語で道を聞く／用日語問路。

【どう】
怎麼，怎麼樣；如何★この店のコーヒーはどうですか／這家店的咖啡怎樣？

【どうして】
為什麼，何故★昨日はどうして早く帰ったのですか／昨天為什麼早退？

【何故】
為什麼；如何；怎麼樣★なぜ働くのか／為什麼要工作呢？

【何・何】

什麼（用於想詢問清楚時）★何、明日ですか／什麼，明天？

【問題】

問題，試題★問題が難しい／問題很難。

● Track-033

どうさ／動作	動作

【入れる】

點燈，開電門；點火；打，送到；鑲嵌★電源を入れる／打開電源。

【押す】

推；擠；壓；按；蓋章★こうやって、ボタンを押してください／請依照這種方式按下按鈕。

【泳ぐ】

擠過，穿過★満員電車の中を泳いでいく／在滿載乘客的電車中擠過去。

【返す】

翻過來★せんべいを返しながら焼く／仙貝邊烤邊翻面。

【死ぬ】

死板；不起作用★目が死んでいる／眼神無光。

【吸う】

吸，吸入（氣體或液體等）★父はたばこを吸っています／爸爸正在抽菸。

【点ける】

點（火），點燃★暗いから、電気をつけました／屋裡很暗，所以開了電燈。

【取る】

操作，操縦★船の舵を取る／掌船舵。

【貼る】

釘上去★板を貼る／釘上板子。

【引く】

拉，曳；牽；拖；圍上，拉上★椅子を引く／拉開椅子。

【曲がる】

轉彎★この角を曲がる／在這個轉角轉彎。

【磨く】

刷（淨）；擦（亮）★食事の後はすぐに歯を磨く／飯後馬上刷牙。

【持つ】

持，拿（用手拿，握在手中）★荷物を持つ／拿行李。

とおい／遠い	遙遠的

【置く】

間隔★1軒おいて隣の家から火が出た／隔壁家間隔一戶發生火災了。

【遠い】

遠★私の家は駅から遠いです／我家離車站很遠。

【飛ぶ】

跑到很遠的地方，逃往遠方；（離題）很遠，遠離★「陣痛が始まった」と聞いて病院へ飛んで行った／聽到「開始陣

痛了」就往醫院飛奔了。

とおる／通る | 通過

【玄関】
正門；前門★私が玄関まで出て友だちを迎えた／我特地到玄關迎接朋友們。

【交差点】
十字路口，交叉點★交差点の信号は赤です／十字路口的紅綠燈亮著紅燈。

【地下鉄】
地下鐵道，地鐵★日本の地下鉄は便利です／日本的地鐵非常方便。

【走る】
通往，通向；貫串；走向★道が南北に走っている／道路縱貫南北。

【道】
道路★指をさして道を教えました／他為我指了路。

【門】
門，門前，門外，門口★学生たちが、学校の門の前に集まりました／學生們已經在校門口集合了。

【渡す】
渡，送過河★船でトラックを渡す／用船渡送貨車。

【渡る】
渡，過★長い橋を渡って、静かな村に入ります／經過一道長橋，進入一座閑靜的村莊。

とき／時 | 時刻

【何時も】
無論何時，經常（副）★いつも勉強している／無論何時總在學習。

【これ】
現在，此（時）★これからの中国／從今往後的中國。

【頃・頃】
正好的時候，正合適的時候（程度）★ちょうどその頃始めた／正好從那個時候開始。

【時】
（某個）時候★ご飯を食べているとき／吃飯的時候。

【時】
情況，時候★ちょうどいい時に来たね／你來的正是時候。

【成る】
到了某個階段★昼に成る／到了白天。

【入る】
進，入（到達某時期或某階段）★長い休みに入る／進入長假。

【花】
黃金時代，最美好的時期★いまが人生の花だ／現在是人一生中最美好的時期。

【春】
青春期；極盛時期★冬が過ぎて春が来た／冬去春來。

ところ／所　地點

【角】
角落；角，隅角★机の角／桌角。

【角】
拐角，轉彎的地方★タバコ屋の角をまがって２軒目の店です／在賣香菸的店鋪轉角拐彎，第二間店家就了。

【銀行】
銀行★この銀行は夜８時まで開いています／這家銀行營業到晚上８點。

【口】
（進出、上下的）出入口，地方★改札口／剪票口。

【コート】coat
球場★テニスコート／網球場。

【先】
去處，目的地★旅行先で友達と会った／在旅行途中與朋友碰面。

【外】
外面，外頭（家以外的地方）★晩ご飯を外で食べよう／晚飯在外面吃吧！

【デパート】departmentstore
百貨商店，百貨公司★日曜日に母と一緒にデパートに買い物に行きました／星期天和媽媽一起去百貨公司買了東西。

【所】
地方，地區；當地，鄉土★そこはとても景色のいい所でした／那裡是一個風景優美的地方。

【所】
住處，家★明日君の所へ遊びに行くよ／明天到你那裡去玩。

【庭】
庭院★庭にいろいろな色の花が咲いています／院子開滿了各種顏色的花朵。

【外】
別處，別的地方，外部★ほかからも大勢人が来た／從別處也來了大批的人潮。

【店】
商店，店鋪★こちらは食べ物を売る店です／這邊是販賣食品的店鋪。

【八百屋】
菜舖，蔬菜店，蔬菜水果商店；蔬菜商★野菜を売っている店を八百屋という／販賣蔬菜的店鋪稱為「八百屋」。

とぶ／飛ぶ　飛翔

【空】
天，天空，空中★空に飛んでいく鳥が美しい／飛上天空的鳥兒真美。

【飛ぶ】
飛，飛翔，飛行；吹起，颳跑，飄飛，飄落，飛散；濺；越過，跳過★飛行機が空を飛んでいます／飛機翱翔天際。

【鳥】
鳥，禽★木の上に鳥がいます／樹上有小鳥。

【飛行機】

飛機★台風で飛行機が飛べません／颱風來襲導致班機停駛。

とまる	停止、投宿

【駅】

車站★台北駅はどこですか／請問台北車站在哪裡呢？

【止まる】

停止不動了，停住，停下，站住★時計が止まった／手錶停了。

【止まる】

堵塞，堵住，斷，中斷，不通，走不過去★雪で電車が止まる／電車因下雪而停駛。

【半】

表示中途，一半，不徹底的意思★半熟卵を食べる／吃半熟蛋。

【ホテル】hotel

賓館；飯店；旅館★私はこの原稿をホテルで書いた／我是在旅館裡寫完這部書稿的。

とる／取る	拿取、抓住

【切る】

甩去，除去★野菜の水を切る／除去蔬菜的水分。

【警官】

警察★田中さんのお兄さんは警官です／田中先生的哥哥是警官。

【掃除】

打掃，掃除★毎週月曜日と木曜日は掃除をします／我會在每週一和週四打掃家裡。

【掃除】

清除★社会の大掃除／對社會的大清理。

【取る】

拿；取，執，握，攥；把住，抓住★醤油を取ってください。請把醬油遞給我。

【脱ぐ】

脱；摘掉★ここで服を脱いでください／請在這裡將衣服脱掉。

【灰皿】

菸灰碟，菸灰缸★旅行のお土産は灰皿です／我買了菸灰缸作為旅行的紀念品。

【ハンカチ】handkerchief

手帕★ハンカチで汗を拭きました／用手帕擦了汗。

●Track-035

ない	沒有

【終わる】

死，死亡★一生が終わる／結束一生。

【消える】

消失，隱沒，看不見；聽不見★森の中に消える／消失在森林中。

【消える】

熄滅★火が消えていた／火熄滅了。

【消える】
融化★雪が消えていく／雪融化了。

【切る】
關閉★電源を切る／關閉電源。

【消す】
消失；勾消，抹去★消しゴムで消す／用橡皮擦擦掉。

【消す】
殺掉，幹掉★この人をけす／殺掉此人。

【死ぬ】
死，死亡★80歳で死ぬ／八十歳死亡。

【ゼロ】zero
無價值，不足取★お前の価値はゼロだ／你的價值是零。

【ゼロ】zero
無，沒有★ゼロから始まるスペイン語／從零開始學西班牙語。

【飛ぶ】
化為烏有，盡，斷★家賃で給料の半分が飛んだ／光是房租薪水的一半就化為烏有了。

【無い】
沒有，沒，無★食べ物がない／沒東西吃。

【無くす】
消滅，去掉★貧困を無くそう／消除貧窮吧！

【無くす】
丟，丟失，丟掉；喪失，失掉★かぎをなくした／把鑰匙弄丟了。

【晴れる】
消散；停止，消散★悩みが晴れる／煩惱雲消霧散。

【引く】
消失；退，後退；落，減退★熱が引く／退燒。

【前】
差，不到，不足★息子はまだ二十前だ／兒子還不到二十歲。

【忘れる】
遺忘，遺失★帽子を忘れる／把帽子遺忘了。

なおす／直す	修復

【医者】
醫生，大夫★医者は彼は丈夫だと言った／醫生說他身體很健康。

【薬】
藥，藥品★この薬はご飯の後に飲んでください／這種藥請在飯後服用。

【病院】
醫院；病院★病院のレストランは安くておいしいです／醫院裡的餐廳既便宜又美味。

なる／鳴る	聲響

【言う】
作響；發響聲★床がみしみしいう／地

板略吱咯吱作響。

【音楽】

音樂★私は毎晩音楽を聞いてから寝ます／我每天晚上都聽完音樂才上床睡覺。

【ギター】guitar

吉他★ギターを弾いている寫真を撮りたいです／我想拍一張彈著吉他的照片。

【弾く】

彈奏★私はピアノを弾く仕事をしたいです／我想要從事能夠彈奏鋼琴的工作。

【吹く】

吹(氣)★熱いお茶を吹く／吹熱茶(使涼)。

にち／日	日期

【一日】

一日，一天，一晝夜，時間的計算單位★今日は一日中仕事をしていました／今天工作了一整天。

【九日】

九天★この町で九日間ぐらい泊まりたい／想要在這個小鎮住上九天左右。

【十日】

十天★今年はあと十日ぐらいしかない／今年只剩十天左右。

【七日】

七天，七日★七日前に旅行から帰りました／我在七天前旅行回來了。

【二十日】

二十天★あと二十日ぐらいで店をオー

プンする／本店再二十天左右即將開業。

【二日】

兩天★原稿の締め切りまであと二日ある／距離截稿日還有兩天。

【三日】

三天★三日に一度は食べたくなる／每隔三天又會開始想吃。

【六日】

六日，六天，一日的六倍的天數★毎月六日に家賃を払います／我在每個月6號付房租。

【八日】

八天★そこまで着くには八日かかる／要抵達那裡需要八天時間。

【四日】

四天★昔、日本から台湾まで船で四日かかった／以前，要從日本到台灣，必須搭船整整四天才會到達。

● Track-036

ねる／寝る	就寝

【お休みなさい】

晚安★おねえちゃん、お休みなさい／姊姊，晚安。

【寝る】

睡眠★早く寝て早く起きて／早睡早起。

【ベッド】bed

床★本を読んでから、ベッドに入ります／先讀了書之後才就寝。

【休み】

睡覺★お休みの時間ですよ／睡覺時間
到了喔！

【休む】
睡，臥，安歇，就寝★毎晩 11 時には休
みます／每天晚上 11 點就寝。

【横】
躺下；横臥★疲れて横になる／疲憊不
堪躺了下來。

ねん、げつ ／年、月	年、月

【ヶ月】
…個月★3 ヶ月間ダイエットをしてい
る／減肥減了 3 個月。

【月】
月★9 月に日本へ旅行に行きます／9
月要去日本旅遊。

【去年】
去年★趙さんは去年大学を出ました／
趙先生去年從大學畢業了。

【今年】
今年★私は今年の 4 月に日本に来まし
た／我是今年 4 月來日本的。

【今月】
本月，當月，這個月★今月、日本へ日本
語の勉強をしに行きます／我這個月要
去日本學日語。

【再来年】
後年★再来年に台湾へ遊びに行きたい
です／我希望後年能到台灣玩。

【先月】
上月，上個月★先月、山田さんは結婚し
ました／上個月山田小姐結婚了。

【年】
年★もうすぐお正月ですね。よいお年を
／再過不久就要過年了，先祝你新年如
意。

【年】
年代★年をとる／上了年紀。

【年】
年，一年★年に一度、健診を受ける／一
年做一次健康檢查。

【一月】
一個月★ひと月 30 冊の本を読む／一個
月看了 30 本書。

【毎月・毎月】
每月★この街では毎月 15 日は縁日の日
だ／這個鎮上會在每個月的 15 號舉辦慶
典活動。

【毎年・毎年】
每年★毎年この季節は雨の日が多い／
每年到了這個季節就會時常下雨。

【来月】
下月，下個月，這個月的下一個月★田
中さんは来月引っ越しする／田中小姐
下個月要搬家。

【来年】
明年，來年★来年、中国へあなたに会い
に行きます／明年，我會去中國見你。

のむ／飲む 　喝

【お酒】
酒的總稱★そのお酒は強いですか／那種酒很烈嗎？

【お酒】
飲酒★お酒の席／酒席。

【お茶】
茶水★桜子さん、お茶を飲んでから帰りませんか／櫻子小姐，要不要先喝杯茶再回家呢？

【カップ】cup
盛食品的西式杯狀器皿★カップ3杯のコーヒーを飲みました／喝了三杯咖啡。

【喫茶店】
茶館，咖啡館★喫茶店で仕事をする／在咖啡廳工作。

【牛乳】
牛奶★朝ご飯は牛乳だけ飲みました／早餐只喝了牛奶。

【グラス】glass
玻璃杯；玻璃★ワイングラスでワインを飲む／用紅酒杯喝紅酒。

【コーヒー】(荷) koffie
咖啡★スタバでコーヒーをのんでゆっくりしてます／我悠哉地在星巴克喝著咖啡。

【コップ】(荷) kop
玻璃杯；杯子★コップで水を飲む／用玻璃杯喝水。

【強い】
強烈的★強い酒／烈酒。

【飲み物】
飲料★このお店でいちばん美味しい飲み物をください／給我貴店最好喝的飲料。

【飲む】
吞下去★船は波に飲まれた／船隻被浪給吞沒了。

【飲む】
喝；咽；吃★ジュースを飲む／喝果汁。

【杯】
酒杯★杯をあげて勝利を祝った／舉杯祝賀勝利。

【入る】
飲 (酒)★お酒が入ると人が変わる／一喝酒整個人的性情就大變。

【水】
水；涼水，冷水；液；汁★冷たい水が飲みたいです／我想喝冰涼的水。

●Track-037

のる 　承載、乘坐

【掛ける】
坐 (在…上)；放 (在…上)★いすに掛ける／坐在椅子上。

【切符】
票，票證★電車の切符を見つける／尋獲電車車票。

【車】
車，小汽車★車が古くなったので新し

いのを買った／由於車子已經舊了，所以買了一輛新的。

【自転車】
自行車，腳踏車，單車★自転車に上手に乗ります／騎自行車的技術很好。

【台】
載人或物的器物★仏像の下に台をおく／佛像下墊上佛台。

【タクシー】taxi
計程車；出租汽車★家の近くで、タクシーを拾う／在家附近攔計程車。

【出る】
刊登★ニュースに出る／新聞上報導。

【電車】
電車★電車に乗る前に、切符を買います／搭電車前先買車票。

【乗る】
乘坐；騎；坐，上，搭乘★車に乗ってください／請坐上車。

【箱】
客車車廂★前の箱に移る／移動到前面的車廂。

【バス】bus
公共汽車★家から駅までバスです。それから、電車に乗ります／從家裡坐公車到車站。然後再搭電車。

はい	同意

【甘い】
寛；姑息；好說話★子どもに甘い／寵小孩。

【ええ】
嗯；嗯，好吧★「教えてください。」「ええ、いいですよ。」／「請告訴我。」「嗯，好啊！」

【答える】
回答，答覆；解答★問題に答える／回答問題。

【大丈夫】
放心，不要緊，沒錯★食べても大丈夫ですか／可以吃嗎？

【どうぞ】
請，可以（同意）★どうぞお召し上がりください／敬請享用。

【はい】
唉；有，到，是（應答）★「山田さんですか。」「はい、山田です。」／「請問是山田小姐嗎？」「是的，我就是山田。」

はいる／入る	得到、進入

【上げる】
得到★収益を上げる／獲得收益。

【掛かる】
陷入，落入，落在…（的）手中★敵の手に掛かる／落入敵人手中。

【差す】
照射★日がさしている／太陽照耀著。

【作る】

賺得，掙下★お金を作る／賺錢。

【登る】

進京★京へ登る／進京。

【入る】

得到，到手，收入，入主，變為自己所有★金が入る／得到錢。

【入る】

進，入，進入；裝入，容納，放入★部屋に入る／進入房間。

【風呂】

澡盆；浴池★風呂に入る／洗澡。

【渡る】

到手，歸…所有★悪い人の手に渡る／落入壞人的手中。

はく	穿、穿著

【靴】

鞋（短靴）；靴（長靴）★部屋に入るときは靴を脱いでください／進房間之前請拖鞋。

【靴下】

襪子★靴下やハンカチなどを洗濯しました／洗了襪子和手帕之類的衣物。

【スカート】skirt

裙子★優子さんはスカートが嫌いなのでいつもズボンです／優子小姐不喜歡穿裙子，總是穿著長褲。

【ズボン】(法) jupon

西服褲，褲子★ズボンは長いほうが1万円で、短いほうが5000円です／這些褲子，長的是一萬圓，短的是五千圓。

【スリッパ】slipper

拖鞋★友達は玄関でスリッパを脱ぎました／朋友在玄關脫了拖鞋。

【履く・穿く】

穿★渡辺さんは白いズボンを穿いています／渡邊小姐穿著白色的長褲。

● Track-038

はじまる／始まる	開始

【開く】

開始；開張，開業；開演★店が開く／商店開業。

【開ける】

開辦，著手★花屋を開ける／花店開始營業。

【頭】

先，最初，開始，開頭★来月の頭から始める／從下個月的月初開始。

【入り口】

開始，起頭，端緒；事物的開始，亦指事物的最初階段★新しい生活の入り口／新生活的開端。

【出す】

開店★店を出す／開店。

【始まる】

起源，緣起★喧嘩は、そこから始まった／爭吵就是從那裡開始的。

【始まる】

開始★会議は 3 時から始まります／會議於 3 點開始舉行。

【初め】

最初，起初★小さくても初めの一歩は大事だ／即使是小事，最初的一步都是很關鍵的。

【初め】

開始；開頭★もう一度、初めから話します／再一次從頭開始說起。

【初めて】

初次，第一次★初めての孫が 1 歳になります／第一個孫子已經一歲了。

【始める】

起來，開始★習い始める／開始學習。

はなす／話す	說話

【英語】

英語，英文★彼の話す言葉は英語です／他講的語言是英語。

【さあ】

表示勸誘或催促★さあ、これから面白い話をするよ／來，接下來我要開始說精彩有趣的故事喔！

【使う】

說，使用（某種語言）★英語を使って働きたい／我想從事以英語工作。

【取る】

堅持（主張）★賛成の立場を取る／堅持贊成的立場。

【話】

商談★ちょっと話がある／我有話跟你商量。

【話】

話題★難しい話はよくわからない／話題內容太艱深了，我難以瞭解。

【話】

說話；講話；談話★話が終わらない／話說不完。

【話す】

說，講；說（某種語言）★彼は上手な日本語を話します／他說得一口流利的日語。

【話す】

談話，商量★両親に話してから決める／跟父母商量後再決定。

はやい／早い、速い	早的、迅速的

【朝】

朝，早晨★朝が早い／早晨起得早。

【今朝】

今天早晨（早上），今朝★今朝東京についた／今天早上抵達東京。

【先】

前頭，最前部★人の先に立つ／站在別人的前面。

は

はなす・はやい

【すぐ】
馬上，立刻★いますぐできる／馬上能完成。

【出す】
加速★スピードを出す／加快速度。

【早い】
早的★卒業が一年早い／提早一年畢業。

【速い】
快速的★この電車は速いですね／這班電車開得真快呀。

【前】
前，以前，先（比某個時刻更早）★一年前から勉強しています／一年前開始學習。

【前】
預先，事先★前にやっておきます／事先備好。

● Track-039

ひ／日	日期

【五日】
（每月的）五號；五天★五日は暇ですが、六日は忙しいです／5號有空，但是6號很忙。

【九日】
九日，九號★今月の九日は日曜日です／這個月的9號是星期天。

【一日】
一號，一日（一個月的第一天）★一日から三日まで、旅行に行きます／從1號到3號外出旅行。

【十日】
十號，十日，初十★十日の日曜日どこか行きますか／10號禮拜日你有打算去哪裡嗎？

【七日】
七號，七日，每月的第七天★木村さんは、七日にでかけます／木村先生將在7號出門。

【二十日】
二十號★二十日には、国へ帰ります／將於20號回國。

【二日】
二號，二日；初二★一月の二日から十日までいなかに帰ります／將於1月2號回去鄉下，待到10號才回來。

【三日】
三號，三日，初三★三月三日ごろに遊びに行きます／3月3號左右去玩。

【六日】
六號，六日，一個月裡的第六天★作業は、六日中に終わるでしょう／工作應該可以在六天之內完成吧。

【八日】
（每月的）八日，八號★誕生日は来月の八日です／我生日是下個月的8號。

【四日】
（每月的）四日，四號★新幹線は三日の昼に出て、四日の朝そこに着きます／新幹線將在3號中午發車，於4號早上抵達那邊。

ひくい／低い	低的

【下】
年紀小★彼より三つ下だ／比他小三歲。

【下】
(程度)低；(地位)低下★先生の下で勉強する／在老師門下學習。

【低い】
(高度)低；矮★彼氏の背が低い／我男朋友的個子矮小。

【勉強】
廉價，賤賣★もっと勉強できないか／不能再便宜些嗎？

【短い】
低，矮★短い草がたくさんある／有許多短小的草。

【安い】
低廉★この店のラーメンは安いです。そして、おいしいです／這家店的拉麵很便宜，而且又好吃。

ひと／人	人

【大人】
大人；成人，成年人★子どもから大人まで、たくさんの人が来ました／不分男女老幼，來了非常多人。

【お巡りさん】
警察，巡警★道が分からなかったので、おまわりさんに聞きました／因為不知道路怎麼走，問了警察。

【学生】
學生★学生は、三人しかいません／只有三個學生。

【方】
各位，…們★先生方の話はなかなか終わりません／老師們的致詞十分冗長。

【個】
個體，個人，自己自身★個を大切にする／著重個體。

【子ども】
兒童，小孩兒★子どもの遊びが面白い／小孩的遊戲很有趣。

【さん】
…先生，女士，小，老★今日中に花田さんに電話をしてください／請在今天之內打電話給花田先生。

【人】
…人(專門、特定的人)★アメリカ人／美國人。

【生徒】
學生★教室に、先生と生徒がいます／教室裡有老師和學生。

【外】
外部，外人★外から人を呼ぶ／從外面叫人過來。

【小さい】
幼小的★小さい子ども／幼小孩童。

【隣】

鄰人★隣に留守をたのむ／請隔壁鄰居幫忙看家。

【名前】

人名；姓名★ここに名前を書いてください／請在這裡寫下姓名。

【人】

人★保証人／保證人。

【人】

人；人類★女の人が話している／女士正在說話。

【一つ】

一個；一人；一歲★二人は一つになる／兩人齊心協力。

【一人】

一人，一個人★失恋した。一人で旅行に行った／我失戀了。獨自一人去旅行了。

【二人】

二人，兩個人；一對★これから二人はどこへ行きますか／我們兩個等一下要不要出去逛逛呢？

【向こう】

對方★向こうの考えも聞きましょう／也要聽聽對方的想法。

【門】

家族，家庭（家）★門ごとに神が訪れる／神明到各家各戶賜福。

【屋】

表示有某種性格或特徵的人★がんばり屋／努力奮鬥的人。

【留学生】

留學生★アメリカからも、留学生が来ています／也有從美國來的留學生。

● Track-040

| ひどい／酷い | 過分的 |

【余り】

過度…的結果（名）★うれしさの余りに涙が出る／由於高興過度而流下眼淚。

【辛い】

嚴格的；艱難的★点が辛い／（給）分嚴格。

【汚い】

難看的，不整齊的，不工整的★汚い字／不工整的字。

【狭い】

狹隘，淺陋★視野が狭い／視野狹隘。

【大変】

重大，嚴重，厲害，夠受的，不得了，了不得★大変だ。忘れ物をした／糟了！我忘記帶東西了。

【冷たい】

對對方漠不關心；冷淡；冷漠；冷遇★心が冷たい／心腸冷酷。

【太い】

無恥；不要臉；（膽子）大★神経が太い／粗枝大葉。

| ふる／降る | 下（雨、雪） |

ひ・ふ
ひどい・ふる

【雨】

雨；下雨；雨天；雨量★空が曇って、雨が降って来ました／天空中烏雲密佈，下起雨來了。

【雨】

如雨點般落下的樣子★弾丸の雨／（一陣）彈雨。

【降る】

（雨、雪等）下★雪が降って、寒いです／下雪了，好冷。

【雪】

雪★雪が降って、山が白くなりました／下雪了，山峰一片雪白。

ふるい／古い	老的、陳舊、已往

【お祖父さん・お爺さん】

老爺爺，老大爺，老爹，老公公，老頭兒，老先生★田舎でやさしいおじいさんに会った／在鄉下遇見了和藹可親的老先生。

【大人】

老成★兄は年のわりに大人だ／哥哥與年紀相比出乎意料的老成。

【お祖母さん・お婆さん】

祖母，奶奶，外祖母，外婆★お祖母さんは元気だ／祖母身體很好。

【疲れる】

用舊★疲れた背広／破舊不堪的西裝。

【遠い】

遠，久遠；從前★遠い昔／遙遠的過往。

【年】

歲月；光陰★年を経た建物／歷盡滄桑年代久遠的建築物。

【古い】

舊的，年久，古老，陳舊★古い建物／古老的建築物。

【前】

前；上，上次，上回★前の奥さん／前任老婆。

ふるまう／振舞う	表現、舉止

【ああ】

啊；是；嗯★ああ、わかりました／嗯，我知道了。

【大きい】

傲慢，不謙虛★大きい顔をする／驕傲自大。

【汚い】

吝嗇的，小氣的★金持ちは金に汚い／有錢的人都是吝嗇鬼。

【好き】

隨心所欲，隨意★あなたの好きにしなさい／隨便你，你想怎麼樣就怎麼樣吧！

【どういたしまして】

不用謝，不敢當，算不了什麼，哪兒的話呢★どういたしまして。私はなにもし

ていませんよ／不客氣，我什麼忙都沒幫上呀。

【はい】

喂，好★はい、こちらを向いて／好，請面向這邊。

【見せる】

裝做…樣給人看；假裝★舌を出して医者に見せました／伸出舌頭讓醫師診察了。

【分かる】

通情達理，通曉世故★話の分かる人がいて嬉しい／有通情達理的人在真叫人高興。

まじわる／交わる	來往

【色】

女色，色情★色を好む／好色。

【色】

情人，情夫（婦）★色をつくる／有情夫（婦）。

【奥さん】

對女主人或年紀稍長的婦女的稱呼★奥さん、これ安いですよ／太太，這很便宜喔！

【結婚】

結婚★田中さんは結婚しています／田中小姐已經結婚了。

【ご主人】

您丈夫，您先生★ご主人のお仕事は何

ですか／您先生從事什麼工作？

【出来る】

（男女）搞到一起，搞上★この二人はできている／這兩人搞到一起了。

【友達】

朋友，友人★友達の友達は友達だ／朋友的朋友，也一樣是我的朋友。

【寝る】

男女行房★女と寝る／與女同床。

【待つ】

等候；等待★電車を待つ／等待電車。

🔊 Track-041

みる／見る	看、照看

【グラス】glass

眼鏡★サングラス／太陽眼鏡。

【先生】

醫生；大夫★病院の先生という仕事は、大変です／在醫院當醫生是一份很辛苦的工作。

【一寸】

試試，看看，以輕鬆的心情做事★ちょっとやってみる／試著做做看！

【勤める】

服侍；照料★隣の嫁はよく勤める／隔壁家的媳婦很會服侍人。

【遠い】

恍惚，不清★目が遠い／視線模糊不清。

【飲む】

藐視，不放在眼裡；壓倒★敵を飲む／

ま・み
まじわる・みる

不把敵人放在眼裡。

【番】（ばん）
店の番をする／看（守）店鋪。

【見る】（み）
看，瞧，觀看★夜は、テレビを見ます／晚上通常會看電視。

【目】（め）
眼，眼睛；眼珠，眼球★李さんは目が大きくてきれいだ／李小姐有雙水靈大眼，美麗極了。

【眼鏡】（めがね）
眼鏡★眼鏡が汚れたので、水で洗います／眼鏡很髒，所以用清水沖洗。

むく／向く　朝向

【後】（あと）
後邊，後面，（空間上的）後方★犬が後からついてくる／狗狗從後面跟來。

【上】（うえ）
上面；表面★雪の上を歩く／在雪上行走。

【後ろ】（うし）
後，後面；背後；背地裡★後ろの席に座る／坐在後面的座位。

【側】（がわ）
一側；周圍；旁邊★この写真の右側にある山です／在這張照片上右側的山。

【北】（きた）
北，北方★謝さんの家は駅の北側にあ

ります／謝小姐的家位於車站的北側。

【先】（さき）
前方，前面，那面，往前★この先は海だよ／再往前就是大海了喔！

【四】（し）
四方，四周★四通八達な線路／四通八達的鐵路。

【下】（した）
下，下面★桜の木の下でビールを飲む／在櫻花樹下喝啤酒。

【背・背】（せ・せい）
後方，背景★富士山を背にして写真をとる／以富士山為背景拍照。

【外】（そと）
外邊，外面（相對於裡的）★外から中が見えないガラス／從外面看不到裡面的玻璃。

【西】（にし）
西，西方；西天，淨土★ここから西に行くと、川があります／從這裡往西走，有一條河。

【走る】（はし）
傾向，偏重於★悪に走る／走上不良的歪道。

【東】（ひがし）
東，東方★太陽は東から西へ動きます／太陽由東向西運行。

【左】（ひだり）
左，左面★銀行の左には、高い建物があります／銀行的左邊有一棟高大的建築物。

【方】

（方位）方，方向★風は北の方から吹いて来る／風從北邊吹來。

【前】

前，前面，前方★バスのいちばん前の席／巴士最前列的座位。

【前】

面前；面對★人の前に出る／在人前露面。

【曲がる】

傾斜★壁の絵は曲がって掛かっていた／牆上的畫歪歪斜斜地掛著。

【右】

右；右方；上文，前文★道を渡る前に、右と左をよく見てください／過馬路前請看清楚右左兩邊有無來車。

【南】

南方★南の国／南方的國家。

【向こう】

另一側，另一邊★川の向こうに村がある／河川的另一邊有村莊。

【向こう】

前面，正面，對面（前方）；正對面★向こうから知らない人が来た／陌生人從前方走了過來。

【やる】

朝向某處★目を世界にやる／眼光朝世界看。

【横】

歪；斜★横を言う／說歪理。

【横】

横；顔面★横がおが綺麗／側顔美麗驚人。

● Track-042

| もつ／持つ | 持有 |

【足】

支撐物品的腳，腿★椅子の足／椅腳。

【有る】

有；存在；持有；具有；發生★駅にはエレベーターがあります／車站裡有電梯。

【かばん】

皮包，提包，公文包★本をかばんに入れます／把書放進提包裡。

【持つ】

有，持有；設有，具有；擁有；納為己有★同じシャツを3枚持っています／擁有三件同款的襯衫。

| やさしい | 溫和的、簡單的 |

【厚い】

深厚，優厚★友情に厚い／友情深厚。

【甘い】

樂觀；天真；膚淺；淺薄★甘い考え／思慮不周。

【弟】

後輩★君はぼくより三つ弟だ／你是比我小三歲的後生晚輩。

【早い】

簡單，簡便★聞くよりネットで調べたほうが早い／與其詢問他人不如上網查詢比較快。

【丸い・円い】

圓滿，妥善；安祥，和藹★彼はまるくなった／他個性變得通達而圓融。

【易しい】

容易★易しい問題／容易的問題。

【安い】

安心★安い心はなかった／心緒不平靜。

やすむ／ 休む	休息

【夏休み】

暑假★夏休みのバイト／暑假的打工。

【暇】

休假，假★暇をもらう／請假。

【休み】

休息★食事をしたあとの休み／吃飯後的休息。

【休み】

休假★三日の休みを取る／請三天的假。

【休む】

休息，中止工作、動作等，使身心得到放鬆★横になって休む／躺下休息。

【ゆっくり】

舒適，安靜，安適★ゆっくりとお休みください／請您好好休息。

やめる	停止

【遊ぶ】

閒著；閒置不用★この土地は遊んでいる／這塊地沒有耕種。

【下りる】

退出，停止參與事務★試合を下りる／從比賽中退出。

【下りる】

退位，卸任★社長をおりる／辭去社長職務。

【止まる】

止住，止息，停頓★頭痛が止まる／頭不痛了。

【引く】

辭去，辭退★社長の職を引く／辭去社長職務。

【暇】

解雇，辭退★暇をやる／解雇。

【休み】

缺勤★青木君が休みです／青木君缺席。

【休む】

缺勤，缺席★病気で休む／因病缺勤。

【休む】

停歇，暫停★私は昼夜休まず勉強した／我日夜不停地學習。

●Track-043

よい／良い	良好的

【明るい】
公正的，廉潔的★明るい政治／廉潔光明的政治。

【良い・良い】
好的；優秀的；美麗的；（價格）貴的★良い景色／優美的景緻。

【一番】
最好，最妙★彼女はクラスで一番可愛い／她是班上最可愛的。

【上】
高明（程度、地位、年齢、能力、數量等）★彼は英語の成績が私より上だ／他英語的成績比我好。

【面白い】
最好的★この結果が面白くない／這個結果並不稱心如意。

【薬】
益處，好處，教訓★いい薬になる／得到很好的教訓。

【結構】
漂亮；很好★たいへん明るくて結構ですね／非常明亮通透，真是漂亮！

【上手】
好，高明，擅長，善於，拿手，能手★小林さんは英語が上手です／小林先生的英文很好。

【強い】
擅長的★英語に強い／擅長英語。

【出来る】
出色，有修養，有才能，成績好★うちの子はよくできる／我的孩子很有才幹。

【天気】
晴天，好天氣★明日は天気になるだろう／明天會是好天氣吧！

【どうぞよろしく】
請多關照★どうぞよろしくお願いします／請多指教。

【速い】
敏捷的；靈活的★返事が速い／迅速回覆。

【本当】
真，真的，真正★うそじゃない。本当だよ／沒有騙你，是真的啊！

【本当】
實在，的確，真正，實際★本当の年齢は言いたくない／不想說出真實的年齡。

【本当に】
真，真的，真正★彼は本当に楽しい人です／他真是個樂天的人。

【磨く】
使乾淨漂亮；打扮★肌を磨く／仔細洗淨皮膚。

【道】
道義；道德★人の道に背く／違背人道。

【よく】
善於，做得好；仔細；充分地；熱情地；好好地，很好地★あなたは風邪ですから、よく休んでください／你感冒了，請好好休息。

【立派】

優秀，出色，傑出，卓越★私は立派な人<ruby>私<rt>わたし</rt></ruby><ruby>立派<rt>りっぱ</rt></ruby><ruby>人<rt>ひと</rt></ruby>になりたいです／我的目標是出人頭地。

ようび／曜日	星期

【火曜日】<ruby>火曜日<rt>かようび</rt></ruby>

星期二，每週的第三天★火曜日か金曜<ruby>火曜日<rt>かようび</rt></ruby><ruby>金曜<rt>きんよう</rt></ruby>日のどっちかに休みたい<ruby>日<rt>び</rt></ruby><ruby>休<rt>やす</rt></ruby>／想在星期二或星期五的其中一天休息。

【金曜日】<ruby>金曜日<rt>きんようび</rt></ruby>

星期五★金曜日の午後3時から会社が<ruby>金曜日<rt>きんようび</rt></ruby><ruby>午後<rt>ごご</rt></ruby><ruby>時<rt>じ</rt></ruby><ruby>会社<rt>かいしゃ</rt></ruby>お休みです<ruby>休<rt>やす</rt></ruby>／公司星期五下午3點後休息。

【月曜日】<ruby>月曜日<rt>げつようび</rt></ruby>

星期一，每週的第二天★月曜日は学校<ruby>月曜日<rt>げつようび</rt></ruby><ruby>学校<rt>がっこう</rt></ruby>の授業があります<ruby>授業<rt>じゅぎょう</rt></ruby>／星期一要去學校上課。

【今週】<ruby>今週<rt>こんしゅう</rt></ruby>

本星期，這個星期，這個禮拜，這週★今週、林さんは台湾へ帰ります<ruby>今週<rt>こんしゅう</rt></ruby><ruby>林<rt>はやし</rt></ruby><ruby>台湾<rt>タイワン</rt></ruby><ruby>帰<rt>かえ</rt></ruby>／林先生這星期要回台灣。

【週間】<ruby>週間<rt>しゅうかん</rt></ruby>

一個星期，一個禮拜★一週間に何回洗<ruby>一週間<rt>いっしゅうかん</rt></ruby><ruby>何回洗<rt>なんかいせん</rt></ruby>濯をしますか<ruby>濯<rt>たく</rt></ruby>／請問你每星期洗幾次衣服呢？

【週間】<ruby>週間<rt>しゅうかん</rt></ruby>

週間★交通安全週間<ruby>交通安全週間<rt>こうつうあんぜんしゅうかん</rt></ruby>／交通安全週。

【水曜日】<ruby>水曜日<rt>すいようび</rt></ruby>

星期三，禮拜三★月曜日か水曜日にテ<ruby>月曜日<rt>げつようび</rt></ruby><ruby>水曜日<rt>すいようび</rt></ruby>ストがあります／星期一或星期三有小

考。

【先週】<ruby>先週<rt>せんしゅう</rt></ruby>

上星期，上週★先週の水曜日の午後、あ<ruby>先週<rt>せんしゅう</rt></ruby><ruby>水曜日<rt>すいようび</rt></ruby><ruby>午後<rt>ごご</rt></ruby>なたはどこにいましたか／上星期三的下午，你在哪裡呢？

【土曜日】<ruby>土曜日<rt>どようび</rt></ruby>

星期六，禮拜六★先週の土曜日はとて<ruby>先週<rt>せんしゅう</rt></ruby><ruby>土曜日<rt>どようび</rt></ruby>も楽しかったです<ruby>楽<rt>たの</rt></ruby>／上禮拜六玩得很高興。

【日】<ruby>日<rt>にち</rt></ruby>

星期天的簡稱★来週の土日が空いてる<ruby>来週<rt>らいしゅう</rt></ruby><ruby>土日<rt>どにち</rt></ruby><ruby>空<rt>あ</rt></ruby>／下週星期六日有空。

【日曜日】<ruby>日曜日<rt>にちようび</rt></ruby>

星期天，星期日，週日，每週的第一天★日曜日の公園は人が大勢います<ruby>日曜日<rt>にちようび</rt></ruby><ruby>公園<rt>こうえん</rt></ruby><ruby>人<rt>ひと</rt></ruby><ruby>大勢<rt>おおぜい</rt></ruby>／禮拜天的公園有很多人。

【毎週】<ruby>毎週<rt>まいしゅう</rt></ruby>

每週，每星期，每個禮拜★毎週木曜日<ruby>毎週木曜日<rt>まいしゅうもくようび</rt></ruby>の午後、この病院は休みです<ruby>午後<rt>ごご</rt></ruby><ruby>病院<rt>びょういん</rt></ruby><ruby>休<rt>やす</rt></ruby>／這家醫院於每週四的下午休診。

【木曜日】<ruby>木曜日<rt>もくようび</rt></ruby>

星期四★木曜日が一番疲れる<ruby>木曜日<rt>もくようび</rt></ruby><ruby>一番疲<rt>いちばんつか</rt></ruby>／星期四最累。

【来週】<ruby>来週<rt>らいしゅう</rt></ruby>

下週，下星期★小林さんのお姉さんの<ruby>小林<rt>こばやし</rt></ruby><ruby>姉<rt>ねえ</rt></ruby>結婚式は来週だ<ruby>結婚式<rt>けっこんしき</rt></ruby><ruby>来週<rt>らいしゅう</rt></ruby>／小林先生的姊姊的婚禮將於下週舉行。

●Track-044

よろこぶ／喜ぶ	愉快

【明るい】

明朗：快活★虹を見て明るい気持ちになる／看到彩虹，心情就覺得很快活的。

【面白い】

愉快的；被吸引的；精彩的，有趣的；滑稽可笑的★この漫画が面白い／這部漫畫很有趣。

【楽しい】

快樂，愉快，高興★みんなで楽しく日本語の歌を歌いました／大家一起開心地唱了日文歌。

【にぎやか】

極其開朗，熱鬧，熙熙攘攘，繁華，繁盛★そこはたくさんデパートがあって、人もたくさんいて、とてもにぎやかでした／當初那裡有很多家百貨公司，人潮也相當擁擠，非常熱鬧。

【晴れる】

暢快，愉快★みんなと一緒にいたら気持ちが晴れる／跟大家在一起心情感到很愉快。

よわい／弱い	弱的

【細い】

微少（不繁盛、鮮少的樣子）；微弱★年を取ると食事が細くなる／年紀一大，飯量就減少。

【弱い】

弱；軟弱；淺★弟は体が弱いから、毎日運動をします／弟弟體力欠佳，因此天

天運動。

【弱い】

脆弱，不結實，不耐久★すぐ破れる弱いビニール袋／易破不結實的塑膠袋。

わかる／分かる	知道、理解

【甘い】

藐視，小看，看得簡單★肩こりを甘くみるな／別小看肩膀酸痛。

【難しい】

難，難懂，費解，艱澀，晦澀；難辦，難解決★この問題は、私にも難しいです／這個問題對我來說也很難。

【易しい】

易懂的，簡易的★やさしく言う／簡單說來。

【分かる】

知道，清楚★住所が分かる／我知道住址。

【分かる】

理解，懂得★何を言っているのか分からない／聽不懂你在說什麼。

わかれる／別れる	分別

【御免ください】

告辭了★では、ごめんください／那麼，告辭了。

【さよなら・さようなら】
告別，送別；再會，再見★それでは、さようなら／那麼就此告別了。

【失礼しました】
失陪了，告辭了；不能奉陪★お邪魔しました。失礼しました／打擾您了，告辭了。

【失礼します】
失陪了，告辭了；不能奉陪★じゃ、ここで失礼します／那麼，就此告辭了。

【じゃ・じゃあ】
那麼★じゃ、さようなら／那麼，再見了。

【では】
如果那樣，要是那樣，那麼，那麼說★では、また来週／那麼，下週見。

【では、また】
那麼，再見★では、また明日／那麼，明天見。

わける／分ける	區分

【階】
（樓房的）層★上の階の音がうるさい／樓上噪音很吵。

【階段】
等級，階段★一つ上の階段に上る／上升了一個等級。

【カレンダー】calendar
日暦★来年のカレンダーはまだ売っていません／明年度的月暦尚未開始販售。

【国】
國，國家★サッカーで有名な国は、ブラジルです／巴西是足球大國。

【クラス】class
等級，階級，階層★トップクラスに入る／進入最高等級。

【クラス】class
學年，年級，班級★クラスの担任の先生／級任導師。

【中】
裡，…之中，…之内★今月中／本月之内。

【日】
日本的簡稱★対日投資／對日投資。

【半】
半；一半★五時半／五點半。

【半分】
一半，二分之一★リンゴを半分に切る／對半切開蘋果。

【辺】
國境★辺境／邊境。

【町】
鎮（地方行政劃分單位）；町（市或區中的小區域）★町で仕事をする／在小鎮工作。

● Track-045

わたし、あなた／私、貴方	我、你

【あちら】

那位，那個★あちらはどなたですか／那位是誰？

【貴方】（あなた）

您；你；你（妻子對丈夫）★あなた、今日何時に帰ってくるの／老公，你今天幾點回家呢？

【あれ】

他★あれはだれだ／他是誰？

【こちら】

我，我們；我方；說話人的一方★こちらはいつでも大丈夫です／我們這邊什麼時候都可以。

【こちら】

這位，指在身旁的尊長★こちらは山田校長です／這位是山田校長。

【これ】

這個人，此人★これがわたしの弟です／這是我弟弟。

【自分】（じぶん）

自己，自個兒，自身，本人★自分のことは自分でやれ／自己的事自己去做。

【自分】（じぶん）

我★自分がやりました／我做的。

【そちら】

指示在對方身邊的人★そちらのお考えはいかがですか／您有何想法呢？

【そちら】

您，您的家人★先ずはそちらの意見を聞こうか／首先聽聽您的意見吧！

【誰】（だれ）

某人；有人★椅子に座っている人は誰ですか／坐在椅子上的人是誰？

【誰か】（だれか）

某人；有人★誰か来ました／好像有人來了。

【どちら】

哪個★右と左どちらが、好きですか／左邊跟右邊你喜歡哪一個？

【どなた】

誰，哪位★「ごめんください。」「はい。どなたですか。」／「有人在嗎？」「是的，請問哪位？」

【皆さん】（みなさん）

大家，諸位，各位；先生們，女士們，朋友們，青年們，小朋友們★ご家族の皆さんによろしく／代我向您家人問好。

【みんな】

全體，大家★みんなで楽しく日本語の歌を歌いました／大家一起開心地唱了日文歌。

わるい／悪い	不好的

【青い】（あおい）

（臉色）發青，蒼白★顔色が青くなります／臉色發青。

【危ない】（あぶない）

危險，不安全；靠不住；令人擔心★あそこは危ないから、気をつけて／那邊危

険，小心一點。

【犬】（いぬ）

奸細，狗腿子，走狗，爪牙★国王の犬（こくおう いぬ）／國王的爪牙。

【売る】（うる）

出賣，背叛；尋釁，挑釁★国を売る（くに う）／賣國。

【風邪】（かぜ）

感冒；傷風★風邪を引いて、会社を休みます（かぜ ひ、かいしゃ やす）／感冒了，向公司請假。

【軽い】（かるい）

輕浮，不穩；卑微低賤★口が軽い（くち かる）／口風不緊。

【汚い】（きたない）

不正當的，卑劣的，卑鄙的★汚い手を使ってない（きたな て つか）／沒有施展卑劣的手段。

【暗い】（くらい）

沉重★暗い過去がある（くら かこ）／有沉重的過去。

【黒い】（くろい）

邪惡，不正當★腹が黒い（はら くろ）／居心不良。

【下】（した）

低，劣，差★60点より下はない（てん した）／沒有比六十分差的。

【小さい】（ちいさい）

（度量）狹小的★気が小さい（き ちい）／度量狹小。

【つまらない】

無趣，沒趣，沒意思，無聊★最近テレビがつまらない（さいきん）／最近的電視內容很沒意思。

【荷物】（にもつ）

負擔，累贅★子どものお荷物にはなりたくない（こ にもつ）／我不想成為孩子的包袱。

【寝る】（ねる）

因病臥床★かぜで寝ている（ね）／因患感冒而臥病。

【始まる】（はじまる）

犯（老毛病）★部長の自慢話が又始まったよ（ぶちょう じまんばなし またはじ）／部長又開始吹牛皮了喔！

【始める】（はじめる）

犯（老毛病）★不平不満を始める（ふへいふまん はじ）／又犯了愛抱怨的毛病。

【引く】（ひく）

患，得★風邪をひいて、熱が出る（かぜ ねつ で）／感冒發燒了。

【低い】（ひくい）

（身分等）低微，低賤，微賤★女性の地位が低い（じょせい ち い ひく）／女性地位低微。

【病気】（びょうき）

病，疾病，病症，疾患★お祖母さんは重い病気で入院しています（おも びょうき にゅういん）／奶奶由於身染重病而正在住院。

【下手】（へた）

不慎重，不小心，馬虎★下手に手を出すな（へた て で）／不可輕舉妄動。

【下手】（へた）

笨拙（的人），不高明（的人）★私は歌が下手です（わたし うた へた）／我的歌喉很差。

【曲がる】（まがる）

歪曲，不合道理★曲がった考え（ま かんが）／扭曲

的想法。

【不味い】

不妙，不合適，不恰當★これは不味い
ことになった／這下可糟了。

【不味い】

拙劣；笨拙；不高明，不好★まずい絵
／拙劣的畫。

【難しい】

心緒不好，不痛快，不高興★難しい顔
をする／一臉不高興的樣子。

【弱い】

不擅長，搞不好，經不起★船に弱いが、
釣りが大好きだ／很會暈船，卻喜歡釣
魚。

【悪い】

環，不好；惡性；惡劣；有害；不吉利，
不吉祥★私は悪いことをしました／我
做了壞事。

MEMO

▶ 50 音順單字表　✦ 背完一個單字就打個✔吧 ✦

	あ	
☐	ああ	那樣；那麼
☐	ああ	啊；呀！唉！哎呀！哎喲！
☐	ああ	啊；是；嗯
☐	あう【会う】	遇見；碰見；會見；見面；遭遇；碰上
☐	あおい【青い】	不成熟，幼稚
☐	あおい【青い】	青；藍；綠
☐	あおい【青い】	（臉色）發青，蒼白
☐	あかい【赤い】	紅
☐	あかるい【明るい】	公正的，廉潔的
☐	あかるい【明るい】	有希望的
☐	あかるい【明るい】	明亮
☐	あかるい【明るい】	明朗；快活
☐	あかるい【明るい】	熟悉，精通
☐	あかるい【明るい】	顏色鮮豔的
☐	あき【秋】	秋天
☐	あき【秋】	秋收
☐	あき【秋】	結束
☐	あく【開く】	開，打開
☐	あく【開く】	開始；開張，開業；開演
☐	あける【開ける】	開，打開；推開，拉開
☐	あける【開ける】	開辦，著手

☐	あげる【上げる】	吐出來，嘔吐
☐	あげる【上げる】	得到
☐	あげる【上げる】	提高，抬高；增加
☐	あげる【上げる】	結束
☐	あげる【上げる】	給，送給
☐	あげる【上げる】	舉，抬，揚；懸；起，舉起，抬起，揚起，懸起
☐	あさ【朝】	朝，早晨
☐	あさごはん【朝ご飯】	早飯
☐	あさって【明後日】	後天
☐	あし【足】	腳掌；腳背
☐	あし【足】	腳步；步行
☐	あし【足】	支撐物品的腳，腿
☐	あし【足】	整個腿部
☐	あした【明日】	明天
☐	あした【明日】	（最近的）將來
☐	あそこ	那兒，那裡
☐	あそぶ【遊ぶ】	玩耍，遊戲；消遣；遊歷；遊蕩
☐	あそぶ【遊ぶ】	閒著；閒置不用
☐	あたたかい【暖かい】	氣溫暖和；東西的溫度暖和；充滿溫暖
☐	あたま【頭】	先，最初，開始，開頭
☐	あたま【頭】	頭目，首領
☐	あたま【頭】	頭腦
☐	あたま【頭】	頭部，腦袋；頭髮

☐	あたらしい【新しい】	從未有過的事物或狀態，改為新的
☐	あたらしい【新しい】	新的；新鮮的；時髦的，新式的
☐	あちら	那位，那個
☐	あちら	那裡
☐	あつい【厚い】	厚度厚的
☐	あつい【厚い】	深厚，優厚
☐	あつい【暑い】	熱的
☐	あと【後】	之後，其次
☐	あと【後】	以後（時間相關）
☐	あと【後】	再
☐	あと【後】	後邊，後面，(空間上的)後方
☐	あなた【貴方】	您；你；你（妻子對丈夫）
☐	あに【兄】	哥哥；姊夫；大哥；師兄
☐	あね【姉】	姐姐；姊；家姊；嫂嫂；夫姊
☐	あの	那個；那，當
☐	あのう	那個，那，請問；那個…；啊，嗯
☐	アパート【apartmenthouse 之略】	多戶一起分租的公共住宅
☐	アパート【apartmenthouse 之略】	公寓型式的住家
☐	あびる【浴びる】	受，蒙，遭
☐	あびる【浴びる】	澆；淋，浴；照，曬
☐	あぶない【危ない】	危險，不安全；靠不住；令人擔心
☐	あまい【甘い】	口味淡的

☐	**あまい【甘い】**	甜蜜（味道）
☐	**あまい【甘い】**	寬；姑息；好說話
☐	**あまい【甘い】**	樂觀；天真；膚淺；淺薄
☐	**あまい【甘い】**	藐視，小看，看得簡單
☐	**あまり【余り】**	（不）很，（不）怎樣，（不）大
☐	**あまり【余り】**	剩下的數，餘數（名）
☐	**あまり【余り】**	剩餘，餘剩，剩下，剩餘的物品
☐	**あまり【余り】**	過分，過度
☐	**あまり【余り】**	過度…的結果（名）
☐	**あめ【雨】**	雨；下雨；雨天；雨量
☐	**あめ【雨】**	如雨點般落下的樣子
☐	**あらう【洗う】**	沖刷；波浪來回拍擊（近的）岸邊
☐	**あらう【洗う】**	洗；洗滌，淨化，一筆勾銷
☐	**あらう【洗う】**	（徹底）調查，查（清），查明
☐	**ある【在る】**	在，位於；處於…（地位，環境）
☐	**ある【有る】**	有；存在；持有；具有；發生
☐	**あるく【歩く】**	走；步行
☐	**あれ**	他
☐	**あれ**	那個；那時；那；那裡；那件事

い

☐	**いいえ**	不，不是，没有
☐	**いい・よい【良い】**	合適，正好，好；恰當，適當；恰好，湊巧
☐	**いい・よい【良い】**	好的；優秀的；美麗的；（價格）貴的
☐	**いい・よい【良い】**	對；行，可以；夠了
☐	**いう【言う】**	作響；發響聲
☐	**いう【言う】**	叫作
☐	**いう【言う】**	說出話語，發出聲音
☐	**いう【言う】**	說，講，道出思想、事實等
☐	**いえ【家】**	（自）家，自宅，自己的家
☐	**いえ【家】**	房，房子，房屋（人居住的建築物）
☐	**いかが【如何】**	如何；為什麼；怎麼樣
☐	**いくつ【幾つ】**	很多
☐	**いくつ【幾つ】**	幾個，多少，幾歲；多少（年頭）的數量，亦指年齡
☐	**いく・ゆく【行く】**	步行，行走；走過，經過
☐	**いく・ゆく【行く】**	去、走向某處；到…去
☐	**いくら【幾ら】**	多少
☐	**いくら【幾ら】**	無論怎麼…（也）
☐	**いけ【池】**	池，池塘；水池，池子
☐	**いしゃ【醫者】**	醫生，大夫
☐	**いす【椅子】**	椅子；凳子；小凳子
☐	**いす【椅子】**	職位；位置

☐	いそがしい【忙しい】	忙，忙碌
☐	いたい【痛い】	吃不消
☐	いたい【痛い】	疼的
☐	いたい【痛い】	痛苦的
☐	いただきます【頂きます】	我開動了
☐	いち【一】	一（數字）；第一，首先，頭一個
☐	いちいち【一々】	一個一個；一一詳細
☐	いちいち【一々】	全部
☐	いちにち【一日】	一日，一天，一晝夜，時間的計算單位
☐	いちにち【一日】	終日，一整天
☐	いちにち【一日】	短期間
☐	いちばん【一番】	最，程度最高的
☐	いちばん【一番】	最好，最妙
☐	いちばん【一番】	最初，第一，最前列
☐	いつ【何時】	什麼時候
☐	いつか【五日】	（每月的）五號；五天
☐	いっしょ【一緒】	一起
☐	いっしょ【一緒】	同樣，一樣
☐	いつつ【五つ】	第五；五個，五歲
☐	いつも【何時も】	日常，平日，往常（名）
☐	いつも【何時も】	無論何時，經常（副）
☐	いぬ【犬】	奸細，狗腿子，走狗，爪牙
☐	いぬ【犬】	狗

いそがしい〜いぬ

☐	いま【今】	再，更（副）
☐	いま【今】	現在，當前，目前，此刻
☐	いま【今】	（最近的將來）馬上；（最近的過去）剛才
☐	いみ【意味】	意思，意義
☐	いみ【意味】	意義，價值
☐	いみ【意味】	意圖，動機，用意，含意
☐	いもうと【妹】	妹妹；小姑，小姨，弟妹
☐	いや【嫌】	不願意，不喜歡，討厭；不愉快，不耐煩
☐	いや【嫌】	厭膩，厭煩到不法忍受，不幹
☐	いらっしゃい	你來了
☐	いらっしゃい	來，去，（做某事）吧
☐	いらっしゃいませ	歡迎光臨；您來了（表示歡迎，為店家的招呼用語）
☐	いりぐち【入り口】	門口，入口，進口
☐	いりぐち【入り口】	開始，起頭，端緒；事物的開始，亦指事物的最初階段
☐	いる【居る】	（人或動物的存在）有，在；居住在
☐	いる【要る】	需要，必要
☐	いれる【入れる】	包含，算上，計算進去；添加，補足
☐	いれる【入れる】	承認，認可；聽從，采納，容納
☐	いれる【入れる】	倒入熱水沖泡飲料
☐	いれる【入れる】	裝進，放入；送進
☐	いれる【入れる】	點燈，開電門；點火；打，送到；鑲嵌
☐	いろ【色】	膚色；臉色；氣色；神色

☐	**いろ【色】**	女色，色情
☐	**いろ【色】**	色，顔色，彩色
☐	**いろ【色】**	情人，情夫（婦）
☐	**いろ【色】**	景象，情景，樣子，狀態
☐	**いろいろ【色々】**	各種各樣，形形色色；方方面面
☐	**いわ【岩】**	岩石

う

☐	**うえ【上】**	上面；表面
☐	**うえ【上】**	天皇；諸侯
☐	**うえ【上】**	（比自己程度、年齡、地位）高
☐	**うえ【上】**	高明（程度、地位、年齡、能力、數量等）
☐	**うしろ【後ろ】**	後，後面；背後；背地裡
☐	**うすい【薄い】**	少，稀，缺乏
☐	**うすい【薄い】**	（味、色、光、影等）淡的，淡色的，淺色的
☐	**うすい【薄い】**	（味道）淡，淺
☐	**うすい【薄い】**	待人不好，冷淡；冷漠，淡漠；缺少情愛，關心，感動等的心情
☐	**うすい【薄い】**	薄；物體的厚度小
☐	**うた【歌】**	歌曲
☐	**うたう【歌う】**	唱歌
☐	**うたう【歌う】**	賦詩，詠歌，歌吟

☐	うち【家】	自家，自己的家裡
☐	うち【家】	家庭
☐	うまれる【生まれる】	生，分娩
☐	うまれる【生まれる】	產生（某種想法）
☐	うまれる【生まれる】	誕生，產生（新事物）
☐	うみ【海】	大湖
☐	うみ【海】	海
☐	うみ【海】	形容事物茫茫一片的樣子
☐	うる【売る】	出賣，背叛；尋釁，挑釁
☐	うる【売る】	揚名
☐	うる【売る】	賣，銷售；揚名
☐	うわぎ【上着】	外衣；上衣

え

☐	え【絵】	畫，圖畫，繪畫；畫面
☐	えいが【映画】	電影
☐	えいがかん【映画館】	電影院
☐	えいご【英語】	英語，英文
☐	ええ	啊
☐	ええ	嗯；嗯，好吧
☐	えかく【描く】	想像
☐	えき【駅】	車站

☐	エレベーター【elevator】	電梯，升降機
☐	えん【円】	日元
☐	えん【円】	圓，圓（形），輪形的
☐	えんぴつ【鉛筆】	鉛筆

<h1 style="text-align:center">お</h1>

☐	おいしい【美味しい】	味美的；好吃的
☐	おおい【多い】	多的
☐	おおきい【大きい】	（容積、面積、身高、聲音）大，巨大；多；（年紀大）年老
☐	おおきい【大きい】	傲慢，不謙虛
☐	おおきい【大きい】	誇大
☐	おおぜい【大勢】	大批（的人），眾多（的人），一群人
☐	お・おん【御】	您（的）…，貴…；表示尊敬；表示鄭重，有禮貌
☐	おかあさん【お母さん】	媽媽，母親
☐	おかし【お菓子】	點心，糕點，糖果
☐	おかね【お金】	錢，貨幣
☐	おきる【起きる】	起床；不睡
☐	おきる【起きる】	起，起來，立起來；坐起來
☐	おきる【起きる】	發生
☐	おく【置く】	放下，留下，丟下，落下，抛棄
☐	おく【置く】	放，擱，置

☐	おく【置く】	配置，設置；設立，設置
☐	おく【置く】	間隔
☐	おくさん【奥さん】	對女主人或年紀稍長的婦女的稱呼
☐	おくさん【奥さん】	對別人妻子的尊稱
☐	おさけ【お酒】	酒的總稱
☐	おさけ【お酒】	飲酒
☐	おさら【お皿】	碟子；盤子
☐	おじいさん【お祖父さん・お爺さん】	（父方）爺爺，公公，祖父；（母方）外祖父，老爺，外公
☐	おじいさん【お祖父さん・お爺さん】	老爺爺，老大爺，老爹，老公公，老頭兒，老先生
☐	おしえる【教える】	告訴；告知自己知道的事情
☐	おしえる【教える】	教授；教導
☐	おじさん【伯父さん・叔父さん】	孩子們對一般中年男人的稱呼
☐	おじさん【伯父さん・叔父さん】	對伯父、叔父、舅父、姨丈、姑丈的尊稱
☐	おす【押す】	不顧
☐	おす【押す】	推；擠；壓；按；蓋章
☐	おす【押す】	壓倒；強加於人
☐	おそい【遅い】	慢，遲緩，不快；趕不上；來不及，晚；過時；遲鈍
☐	おちゃ【お茶】	茶水
☐	おちゃ【お茶】	茶道
☐	おてあらい【お手洗い】	廁所，便所；盥洗室

☐	おとうさん【お父さん】	父親，爸爸，爸
☐	おとうと【弟】	弟弟
☐	おとうと【弟】	後輩
☐	おととい【一昨日】	前天
☐	おとな【大人】	大人；成人，成年人
☐	おとな【大人】	老成
☐	おなか【お腹】	肚子；胃腸
☐	おなじ【同じ】	相同，一樣，同樣；相等，同等；同一個
☐	おにいさん【お兄さん】	老兄，大哥；對年輕男子親切的稱呼
☐	おにいさん【お兄さん】	哥哥，令兄，您哥哥；禮貌地稱呼兄長的用語，亦用於指稱對方的兄長
☐	おねえさん【お姉さん】	小姐
☐	おねえさん【お姉さん】	姐姐，大姐
☐	おねがいします【お願いします】	拜託了
☐	おばあさん【お祖母さん・お婆さん】	祖母，奶奶，外祖母，外婆
☐	おばさん【伯母さん・叔母さん】	大娘；大媽；阿姨
☐	おばさん【伯母さん・叔母さん】	姑母；伯母；叔母；姨母；舅母
☐	おはようございます	早安
☐	おべんとう【お弁当】	便當
☐	おぼえる【覚える】	記住，記得，記憶；學會；領會，掌握，懂得
☐	おぼえる【覚える】	感覺，感到，覺得

☐	おまわりさん【お巡りさん】	警察，巡警
☐	おもい【重い】	分量重的
☐	おもい【重い】	心情沉重的；重要的；嚴重的
☐	おもしろい【面白い】	最好的
☐	おもしろい【面白い】	愉快的；被吸引的，精彩的，有趣的；滑稽可笑的
☐	おやすみなさい【お休みなさい】	晚安
☐	およぐ【泳ぐ】	游泳
☐	およぐ【泳ぐ】	擠過，穿過
☐	おりる【下りる】	下來，降落；排出；卸下，煩惱等沒了；降，下（指露、霜等打下）
☐	おりる【下りる】	退出，停止參與事務
☐	おりる【下りる】	退位，卸任
☐	おりる【降りる】	（從上方）下，下來，降，降落；（從交通工具）下，下來
☐	おわる【終わる】	死，死亡
☐	おわる【終わる】	完，完畢，結束，告終，終了
☐	おんがく【音楽】	音樂

か

☐	かい【回】	回，次
☐	かい【階】	階，階梯
☐	かい【階】	（樓房的）層

☐	**がいこく【外国】**	外國，國外，外洋
☐	**がいこくじん【外国人】**	外國人
☐	**かいしゃ【会社】**	公司（上班工作的地方）
☐	**かいだん【階段】**	等級，階段
☐	**かいだん【階段】**	樓梯，階梯
☐	**かいもの【買い物】**	買東西；要買的東西；買到的東西
☐	**かう【買う】**	招致
☐	**かう【買う】**	買，購買
☐	**かう【買う】**	器重
☐	**かえす【返す】**	報答；回答；回敬
☐	**かえす【返す】**	歸還，退掉；送回
☐	**かえす【返す】**	翻過來
☐	**かえる【帰る】**	回歸，回來；回去，歸去
☐	**かお【顔】**	名譽；面子，臉面
☐	**かお【顔】**	表情，面色，神色，樣子
☐	**かお【顔】**	臉；面孔；容貌；人
☐	**かかる【掛かる】**	花費、需要時間、費用、勞動力、體力等
☐	**かかる【掛かる】**	垂掛，懸掛，掛上
☐	**かかる【掛かる】**	陷入，落入，落在…（的）手中
☐	**かかる【掛かる】**	著手，從事
☐	**かかる【掛かる】**	覆蓋
☐	**かぎ【鍵】**	（解決的）關鍵
☐	**かぎ【鍵】**	鎖

☐	かぎ【鍵】	鑰匙
☐	かく【書く】	記文字、記號或線條等；寫，畫；做文章或創作作品
☐	かく【描く】	畫，繪，描繪；描寫，描繪
☐	がくせい【学生】	學生
☐	かげつ【ヶ月】	…個月
☐	かける【掛ける】	打（電話）
☐	かける【掛ける】	坐（在…上）；放（在…上）
☐	かける【掛ける】	花費，花
☐	かける【掛ける】	乘法
☐	かける【掛ける】	掛上，懸掛；拉，掛（幕等）
☐	かける【掛ける】	開動（機器等）
☐	かける【掛ける】	撩（水）；澆；潑；倒，灌
☐	かける【掛ける】	戴上；蒙上；蓋上；搭上
☐	かける【掛ける】	繫上；捆上
☐	かける【掛ける】	繳（款）
☐	かす【貸す】	借給，借出，出借；貸給，貸出
☐	かす【貸す】	租給，租出，出租；賃（把自己的物品租借給他人使用，並收取金錢）
☐	かす【貸す】	幫助，提供；使用自己的智慧、知識、力量或能力為他人服務
☐	かぜ【風】	風
☐	かぜ【風邪】	感冒；傷風
☐	かぞく【家族】	家族，家屬
☐	がた【方】	各位，…們

☐	**かたかな【片仮名】**	片假名
☐	**がつ【月】**	月
☐	**がっこう【学校】**	學校
☐	**カップ【cup】**	盛食品的西式杯狀器皿
☐	**カップ【cup】**	量杯
☐	**かど【角】**	角落；角，隅角
☐	**かど【角】**	拐角，轉彎的地方
☐	**かばん**	皮包，提包，公文包
☐	**かびん【花瓶】**	花瓶
☐	**かぶる【被る】**	蒙受，遭受；承擔
☐	**かぶる【被る】**	澆，灌，沖
☐	**かぶる【被る】**	戴；套，穿
☐	**かみ【紙】**	紙；字紙；報紙
☐	**カメラ【camera】**	照相機；攝影機，攝相機
☐	**かようび【火曜日】**	星期二，每週的第三天
☐	**からい【辛い】**	嚴格的；艱難的
☐	**からい【辛い】**	鹹；辣
☐	**からだ【体】**	身體；身子；體格；身材；健康；體力
☐	**かりる【借りる】**	借；借助；租（借）
☐	**がる**	故作，裝出，逞
☐	**がる**	覺得，感覺
☐	**かるい【軽い】**	輕浮，不穩；卑微低賤
☐	**かるい【軽い】**	輕；輕微；簡單；輕鬆，快活

□	カレンダー【calendar】	日暦
□	かわ【川・河】	河川
□	がわ【側】	一側；周圍；旁邊
□	がわ【側】	方面；立場
□	かわいい【可愛い】	小巧玲瓏
□	かわいい【可愛い】	討人喜歡；寶貴的
□	かんじ【漢字】	漢字

	き	
□	き【木】	木頭，木材，木料
□	き【木】	樹，樹木
□	きいろい【黄色い】	黃色
□	きえる【消える】	消失，隱没，看不見；聽不見
□	きえる【消える】	消除；磨滅（感情或印象變為淡薄而消失）
□	きえる【消える】	熄滅
□	きえる【消える】	融化
□	きく【聞く】	品嚐，鑑賞
□	きく【聞く】	詢問
□	きく【聞く】	聽從；答應
□	きく【聞く】	聽；聽到
□	きた【北】	北，北方
□	ギター【guitar】	吉他

☐	きたない【汚い】	不正當的，卑劣的，卑鄙的
☐	きたない【汚い】	吝嗇的，小氣的
☐	きたない【汚い】	難看的，不整齊的，不工整的
☐	きたない【汚い】	髒，骯髒
☐	きっさてん【喫茶店】	茶館，咖啡館
☐	きって【切手】	商品券
☐	きって【切手】	郵票
☐	きっぷ【切符】	票，票證
☐	きのう【昨日】	近來，最近，（最近的）過去
☐	きのう【昨日】	昨天，昨日
☐	きゅう・く【九】	九，九個；第九
☐	ぎゅうにく【牛肉】	牛肉
☐	ぎゅうにゅう【牛乳】	牛奶
☐	きょう【今日】	今天，今日，本日
☐	きょう【今日】	某年、某週的同一天
☐	きょうしつ【教室】	培訓班
☐	きょうしつ【教室】	教室，研究室
☐	きょうだい【兄弟】	兄弟；姐夫，妹夫，弟妹，嫂子
☐	きょうだい【兄弟】	盟兄弟；哥們
☐	きょねん【去年】	去年
☐	きらい【嫌い】	嫌，不願，厭煩，厭惡；嫌惡，討厭
☐	きる【切る】	中斷談話等；中斷、斷絕關係
☐	きる【切る】	切，割，砍，剁，砍傷，割傷，切傷，刺傷

☐	きる【切る】	打破；突破最低限度
☐	きる【切る】	甩去，除去
☐	きる【切る】	洗牌
☐	きる【切る】	轉，拐彎
☐	きる【切る】	關閉
☐	きる【着る】	承受，承擔，擔承
☐	きる【着る】	穿
☐	きれい【綺麗】	完全，徹底，乾乾淨淨
☐	きれい【綺麗】	美麗，漂亮，好看
☐	きれい【綺麗】	潔淨，乾淨
☐	キロ【(法) kilogramme 之略】	公斤，千克，千米
☐	ぎんこう【銀行】	銀行
☐	きんようび【金曜日】	星期五

く

☐	くすり【薬】	益處，好處，教訓
☐	くすり【薬】	藥，藥品
☐	ください【下さい】	請給（我）…
☐	くだもの【果物】	水果，鮮果
☐	くち【口】	口；嘴
☐	くち【口】	（進出、上下的）出入口，地方
☐	くち【口】	說話，言語

☐	くつ【靴】	鞋（短靴）；靴（長靴）
☐	くつした【靴下】	襪子
☐	くに【国】	家鄉，老家，故鄉
☐	くに【国】	國，國家
☐	くもる【曇る】	陰天
☐	くもる【曇る】	暗淡，鬱郁不樂
☐	くもる【曇る】	變得模糊不清，朦朧
☐	くらい【暗い】	沉重
☐	くらい【暗い】	沉重的（聲音）
☐	くらい【暗い】	陰沉，不明朗，不歡快
☐	くらい【暗い】	發黑，發暗，深色
☐	くらい【暗い】	黑暗，暗淡，沒有希望
☐	くらい【暗い】	暗，昏暗，黑暗
☐	くらい・ぐらい【位】	一點點，些許，微不足道；表示小看、蔑視的心情
☐	くらい・ぐらい【位】	大約，大概，左右，上下
☐	クラス【class】	等級，階級，階層
☐	クラス【class】	學年，年級，班級
☐	グラス【glass】	玻璃杯；玻璃
☐	グラス【glass】	眼鏡
☐	グラム【（法）gramme】	克，公克
☐	くる【来る】	來，來到，來臨；到來
☐	くるま【車】	車，小汽車
☐	くろい【黒い】	邪惡，不正當

☐	**くろい【黒い】**	黑色，黑；曬成的黑色
☐	**くろい【黒い】**	髒，骯髒

け

☐	**けいかん【警官】**	警察
☐	**けさ【今朝】**	今天早晨（早上），今朝
☐	**けす【消す】**	消失；勾消，抹去
☐	**けす【消す】**	殺掉，幹掉
☐	**けす【消す】**	關掉；熄滅；撲滅
☐	**けっこう【結構】**	不需要
☐	**けっこう【結構】**	足夠；充分
☐	**けっこう【結構】**	漂亮；很好
☐	**けっこん【結婚】**	結婚
☐	**げつようび【月曜日】**	星期一，每週的第二天
☐	**げんかん【玄関】**	正門；前門
☐	**げんき【元気】**	身體結實，健康；硬朗
☐	**げんき【元気】**	精神，精力（充沛），朝氣，銳氣

こ

☐	こ【個】	個，計算物件的量詞
☐	こ【個】	個體，個人，自己自身
☐	ご【五】	五
☐	ご【語】	單詞
☐	コート【coat】	上衣；外套，大衣；女短大衣
☐	コート【coat】	球場
☐	コーヒー【(荷) koffie】	咖啡
☐	こうえん【公園】	公園
☐	こうさてん【交差点】	十字路口，交叉點
☐	こえ【声】	想法；意見；呼聲
☐	こえ【声】	跡象
☐	こえ【声】	語言，話
☐	こえ【声】	聲，聲音；語聲，嗓音；聲音，聲響
☐	ここ【×此処、×此所】	近來，現在
☐	ここ【×此処、×此所】	這裡，這兒；至此
☐	ごご【午後】	午後，下午，下半天，後半天
☐	ここのか【九日】	九天
☐	ここのか【九日】	九日，九號
☐	ここのつ【九つ】	九個，九歲
☐	ごしゅじん【ご主人】	您丈夫，您先生
☐	ごぜん【午前】	上午，中午前

☐	こたえる【答える】	回答，答覆；解答
☐	ごちそうさまでした【×御馳走様でした】	我吃飽了，謝謝款待
☐	こちら【×此方】	我，我們；我方，說話人的一方
☐	こちら【×此方】	這位，指在身旁的尊長
☐	こちら【×此方】	這裡，這邊，這方面
☐	こちらこそ	彼此彼此
☐	コップ【(荷) kop】	玻璃杯；杯子
☐	ことし【今年】	今年
☐	ことば【言葉】	描述的方式；詞語的用法
☐	ことば【言葉】	語言，單詞
☐	こども【子ども】	幼稚
☐	こども【子ども】	自己的兒女
☐	こども【子ども】	兒童，小孩兒
☐	この【×此の】	這，這個
☐	ごはん【ご飯】	米飯；飯食、吃飯的禮貌說法
☐	コピー【copy】	文稿
☐	コピー【copy】	影印，拷貝；抄本，謄本，副本
☐	こまる【困る】	不行，不可以
☐	こまる【困る】	感覺困難，窘，為難；難辦
☐	こまる【困る】	窮困
☐	ごめんください【御免ください】	有人在家嗎；我能進來嗎

☐	ごめんください【御免ください】	告辭了
☐	ごめんなさい【御免なさい】	對不起；失禮了；請求原諒
☐	これ【×此れ】	現在，此（時）
☐	これ【×此れ】	這，此；這麼，這樣
☐	これ【×此れ】	這個人，此人
☐	ごろ【頃】	…時分，…前後，…左右
☐	ころ・ごろ【頃】	正好的時候，正合適的時候（程度）
☐	こんげつ【今月】	本月，當月，這個月
☐	こんしゅう【今週】	本星期，這個星期，這個禮拜，這週，本週
☐	こんな	這樣的，這麼，如此
☐	こんにちは【今日は】	你好，您好，你們好
☐	こんばん【今晩】	今宵，今晚，今天晚上，今夜
☐	こんばんは【今晩は】	晚上好，你好

さ		
☐	さあ	表示如願以償時的喜悅
☐	さあ	表示自己的決心
☐	さあ	表示難以判斷，不能明確回答
☐	さあ	表示勸誘或催促
☐	さい【歳】	歲，年歲
☐	さいふ【財布】	錢包，錢袋；腰包

☐	さき【先】	下文，接著後面的部分
☐	さき【先】	去處，目的地
☐	さき【先】	尖兒，尖端，頭兒，末梢
☐	さき【先】	前方，前面，那面，往前
☐	さき【先】	前程
☐	さき【先】	前頭，最前部
☐	さく【咲く】	開（花）
☐	さくぶん【作文】	作文，（寫）文章，亦指其文章；空談闊論
☐	さす【差す】	上漲，浸潤
☐	さす【差す】	打，撐，舉，撐開傘等
☐	さす【差す】	透露，泛出，呈現
☐	さす【差す】	發生，起
☐	さす【差す】	照射
☐	さつ【冊】	本，個，冊，部
☐	ざっし【雑誌】	雜誌；期刊
☐	さとう【砂糖】	白糖，砂糖
☐	さむい【寒い】	冷，寒冷
☐	さよなら・さようなら	告別，送別；再會，再見
☐	さら【皿】	（單位）碟，盤
☐	さらいねん【再来年】	後年
☐	さん	…先生，女士，小，老
☐	さん【三】	三（數字）
☐	さんぽ【散歩】	散步，隨便走走

☐	し【四】	四方，四周
☐	し【四】	四（數字）；四個
☐	じ【時】	點；點鐘；時；時刻
☐	しお【塩】	食鹽；鹹度
☐	しかし	然而，可是
☐	じかん【時間】	時間；工夫；時刻；鐘點；授課時間
☐	しごと【仕事】	工作；活兒，事情；職業，職務
☐	じしょ【辞書】	辭典
☐	しずか【静か】	平靜，安靜，沉靜，文靜
☐	しずか【静か】	輕輕，慢慢
☐	しずか【静か】	靜止，不動
☐	しずか【静か】	靜，寂靜，沉寂，肅靜，靜悄悄，清靜，平靜
☐	した【下】	下，下面
☐	した【下】	年紀小
☐	した【下】	低，劣，差
☐	した【下】	（程度）低；（地位）低下
☐	した【下】	裡邊，內，裡
☐	しち【七】	七（數字）
☐	しつもん【質問】	質詢；詢問，提問；問題
☐	しつれいしました【失礼しました】	失陪了，告辭了；不能奉陪

☐	しつれいしました 【失礼しました】	對不起；失禮，請原諒
☐	しつれいします 【失礼します】	失陪了，告辭了；不能奉陪
☐	しつれいします 【失礼します】	對不起；失禮，請原諒
☐	じてんしゃ【自転車】	自行車，腳踏車，單車
☐	しぬ【死ぬ】	死，死亡
☐	しぬ【死ぬ】	死板；不起作用
☐	じびき【字引】	字典，辭典，詞典，辭書
☐	じぶん【自分】	自己，自個兒，自身，本人
☐	じぶん【自分】	我
☐	しまる【閉まる】	閉，被關閉，被緊閉
☐	しめる【閉める】	關閉，合上；掩上
☐	しめる【締める】	合計；結算
☐	しめる【締める】	勒緊，繫緊；束緊；繃緊
☐	しめる【締める】	嚴責，教訓
☐	じゃ・じゃあ	那麼
☐	シャツ【shirt】	（西式）襯衫，襯衣，西裝襯衫；汗衫，內衣
☐	シャワー【shower】	淋浴器；淋浴
☐	じゅう【十】	十歲
☐	じゅう【十】	（數字）十，十個
☐	じゅう【中】	全，整
☐	しゅうかん【週間】	一個星期，一個禮拜

☐	しゅうかん【週間】	週間
☐	じゅぎょう【授業】	授課，教課，講課，上課
☐	しゅくだい【宿題】	有待將來解決的問題，懸案
☐	しゅくだい【宿題】	課外作業
☐	じょうず【上手】	好，高明，擅長，善於，拿手，能手
☐	じょうず【上手】	善於奉承，會說話
☐	じょうぶ【丈夫】	健康，壯健
☐	じょうぶ【丈夫】	堅固，結實
☐	しょうゆ【醤油】	醬油
☐	しょくどう【食堂】	食堂，餐廳
☐	しる【知る】	知道；知曉；懂得；理解
☐	しる【知る】	認識；熟識
☐	しろい【白い】	白色
☐	しろい【白い】	空白
☐	しろい【白い】	乾淨，潔白
☐	じん【人】	…人（專門、特定的人）
☐	しんぶん【新聞】	報紙，報

	す	
☐	**すいようび【水曜日】**	星期三，禮拜三
☐	**すう【吸う】**	吸收
☐	**すう【吸う】**	吸，吸入（氣體或液體等）
☐	**すう【吸う】**	吮，吮吸，嘬，啜，喝
☐	**スカート【skirt】**	裙子
☐	**すき【好き】**	喜好，喜愛，愛好，嗜好
☐	**すき【好き】**	隨心所欲，隨意
☐	**すぎ【過ぎ】**	超過；…多
☐	**すぎ【過ぎ】**	過度，太；過分
☐	**すぐ**	（性格）正直，耿直
☐	**すぐ**	馬上，立刻
☐	**すぐ**	（距離）極近，非常，緊
☐	**すくない【少ない】**	不多的；年歲小的
☐	**すこし【少し】**	一點，有點，些、少許，少量，稍微
☐	**すずしい【涼しい】**	明亮，清澈
☐	**すずしい【涼しい】**	涼快，涼爽
☐	**ずつ**	固定的數量反覆出現；固定的同數量分配
☐	**ストーブ【stove】**	爐子，火爐，暖爐
☐	**スプーン【spoon】**	湯匙，勺子，調羹
☐	**ズボン【(法) jupon】**	西服褲，褲子
☐	**すみません**	勞駕，對不起，借過

☐	**すみません**	對不起，抱歉
☐	**すみません**	勞駕，對不起，謝謝
☐	**すむ【住む】**	居住，住；棲息，生存
☐	**スリッパ【slipper】**	拖鞋
☐	**する**	決定
☐	**する**	使某種狀態變化
☐	**する**	值…錢
☐	**する**	做，幹，辦
☐	**する**	感覺到聲、色、形、味等，有…的感覺
☐	**する**	經過…時間
☐	**すわる【座る】**	坐；跪坐
☐	**すわる【座る】**	居某地位，占據席位

	せ	
☐	**セーター【sweater】**	毛衣，毛線上衣
☐	**せいと【生徒】**	學生
☐	**せ・せい【背】**	山脊，嶺巔
☐	**せ・せい【背】**	身長，身高，身材，個子
☐	**せ・せい【背】**	後方，背景
☐	**せ・せい【背】**	脊背，後背，脊梁
☐	**せっけん【石鹸】**	肥皂；藥皂
☐	**せびろ【背広】**	西裝，普通西服

☐	**せまい【狭い】**	狹隘，淺陋
☐	**せまい【狭い】**	窄；狹小；狹窄
☐	**せまい【狭い】**	（精神上）心胸不寬廣，肚量小
☐	**ゼロ【zero】**	無價值，不足取
☐	**ゼロ【zero】**	無，没有
☐	**ゼロ【zero】**	零（數學）；零分（體育）
☐	**せん【千】**	千，100 的 10 倍
☐	**せん【千】**	數量多
☐	**せんげつ【先月】**	上月，上個月
☐	**せんしゅう【先週】**	上星期，上週
☐	**せんせい【先生】**	律師；議員
☐	**せんせい【先生】**	教師，教員，老師；師傅
☐	**せんせい【先生】**	醫生；大夫
☐	**せんたく【洗濯】**	洗，洗衣服，洗滌
☐	**ぜんぶ【全部】**	全部，都；整套書籍

そ

☐	**そう**	那樣
☐	**そうじ【掃除】**	打掃，掃除
☐	**そうじ【掃除】**	清除
☐	**そうして・そして**	然後；而且；而；又
☐	**そこ【×其処、×其所】**	那兒，那裡，那邊；那一點；那時

☐	そちら【×其方】	那邊，那個
☐	そちら【×其方】	指示在對方身邊的人
☐	そちら【×其方】	您，您的家人
☐	そと【外】	外面，外頭（家以外的地方）
☐	そと【外】	外部，外人
☐	そと【外】	外邊，外面（相對於裡的）
☐	そと【外】	社會，外界
☐	そと【外】	表面（相對於內心的）
☐	その【×其の】	那，那個；那件事
☐	その【×其の】	那個嘛
☐	そば【側・傍】	旁觀，局外
☐	そば【側・傍】	側，旁邊，附近
☐	そら【空】	天，天空，空中
☐	そら【空】	天，天氣
☐	それ【×其れ】	那個；那件事
☐	それ【×其れ】	嗨，喂，瞧
☐	それから	其次，接著，以後，而且
☐	それから	請談下去，往下講；後來又怎樣
☐	それから	還有，再加上
☐	それで	因此，因而，所以
☐	それで	那麼，後來（催促對方繼續說下去的用語）

た

☐	だい【台】	大致的數量範圍
☐	だい【台】	載人或物的器物
☐	だい【台】	輛，架，台（計數車輛或機器等的量詞）
☐	だいじょうぶ【大丈夫】	牢固，可靠
☐	だいじょうぶ【大丈夫】	放心，不要緊，沒錯
☐	だいすき【大好き】	最喜歡，非常喜愛，最愛
☐	たいせつ【大切】	心愛，珍惜；保重
☐	たいせつ【大切】	要緊，重要；貴重
☐	たいせつ【大切】	貴重，寶貴；價值很高
☐	たいてい【大抵】	一般，普通，容易
☐	たいてい【大抵】	大抵，大都，大部分，差不多，大約，一般
☐	たいてい【大抵】	大概，多半
☐	だいどころ【台所】	經濟狀況，錢款籌畫，生計，家計
☐	だいどころ【台所】	廚房，伙房；燒飯做菜的屋子
☐	たいへん【大変】	大事變，大事故，大變動
☐	たいへん【大変】	太費勁，真夠受的
☐	たいへん【大変】	非常；很；太
☐	たいへん【大変】	重大，嚴重，厲害，夠受的，不得了，了不得
☐	たかい【高い】	名聲高
☐	たかい【高い】	金額大
☐	たかい【高い】	高的（個子、地位，程度，鼻子等）

☐	たかい【高い】	聲音大
☐	たくさん【沢山】	充分
☐	たくさん【沢山】	很多（數量）
☐	タクシー【taxi】	計程車；出租汽車
☐	だけ	只，只有，僅僅，就（表限定）
☐	だけ	只，只要，光，就（表被限定的條件）
☐	だけ	盡量，盡可能，盡所有
☐	だす【出す】	出；送；拿出，取出；掏出
☐	だす【出す】	出（錢）；供給；花費；供給（物品）；供應（人力、物品）；發（獎金）
☐	だす【出す】	加速
☐	だす【出す】	伸出；挺出；探出
☐	だす【出す】	冒出（芽等）
☐	だす【出す】	寄；發
☐	だす【出す】	掛，懸
☐	だす【出す】	登，刊載，刊登；發表
☐	だす【出す】	開店
☐	だす【出す】	達成（紀錄）
☐	たち【達】	們，等，等等
☐	たつ【立つ】	出發，動身
☐	たつ【立つ】	立，站
☐	たつ【立つ】	行動起來；奮起
☐	たつ【立つ】	冒，升，起
☐	たつ【立つ】	離開；退

☐	**たてもの【建物】**	房屋；建築物
☐	**たのしい【楽しい】**	快樂，愉快，高興
☐	**たのむ【頼む】**	委托，托付（托付別人為自己做某事）
☐	**たのむ【頼む】**	請求，懇求，囑託（懇請別人能按自己所希望的那樣去做）
☐	**たのむ【頼む】**	請，雇
☐	**たばこ【煙草】**	菸草，菸
☐	**たぶん【多分】**	大量，多
☐	**たぶん【多分】**	大概，或許
☐	**たべもの【食べ物】**	食物，吃食，吃的東西
☐	**たべる【食べる】**	生活
☐	**たべる【食べる】**	吃
☐	**たまご【卵】**	未成熟者；尚未成形
☐	**たまご【卵】**	動物卵的總稱
☐	**たまご【卵】**	雞蛋
☐	**だれ【誰】**	某人；有人
☐	**だれか【誰か】**	某人；有人
☐	**たんじょうび【誕生日】**	生日，生辰
☐	**だんだん【段々】**	漸漸
☐	**だんだん【段段】**	樓梯；出入口的石階，台階

ち

☐	ちいさい【小さい】	小的
☐	ちいさい【小さい】	幼小的
☐	ちいさい【小さい】	（度量）狹小的
☐	ちいさい【小さい】	微少的；瑣碎的
☐	ちいさい【小さい】	（聲音）低的
☐	ちかい【近い】	近似；近乎…，近於
☐	ちかい【近い】	（距離、時間）近；接近，靠近，靠；快，將近
☐	ちかい【近い】	（關係）近；親近，親密，密切
☐	ちがう【違う】	不同，不一樣；不一
☐	ちがう【違う】	不對，錯
☐	ちがう【違う】	違背，相反，不一致；不符，不符合
☐	ちかく【近く】	不久，近期，即將
☐	ちかく【近く】	近乎，將近，幾乎，快，快了
☐	ちかく【近く】	近處，近旁，附近
☐	ちかてつ【地下鉄】	地下鐵道，地鐵
☐	ちゃいろ【茶色】	茶色；略帶黑色的紅黃色，褐色
☐	ちゃわん【茶碗】	陶瓷器的總稱
☐	ちゃわん【茶碗】	碗，茶杯，飯碗
☐	ちゅう【中】	正在…，正在…中
☐	ちゅう【中】	裡，…之中，…之内
☐	ちょうど【丁度】	正好，恰好

☐	ちょうど【丁度】	整，正
☐	ちょっと【一寸】	一會兒，一下；暫且（表示數量不多，程度不深，時間很短等）
☐	ちょっと【一寸】	不太容易，表示沒那麼簡單
☐	ちょっと【一寸】	相當，頗
☐	ちょっと【一寸】	喂
☐	ちょっと【一寸】	試試，看看，以輕鬆的心情做事

	つ	
☐	ついたち【一日】	一號，一日（一個月的第一天）
☐	つかう【使う】	說，使用（某種語言）
☐	つかう【使う】	使用（人）；雇佣
☐	つかう【使う】	使，用，使用
☐	つかう【使う】	花費；消費
☐	つかう【使う】	擺弄，耍弄，玩弄
☐	つかう【使う】	贈送；給
☐	つかれる【疲れる】	用舊
☐	つかれる【疲れる】	累，乏
☐	つぎ【次】	下次，下回；其次，第二；下一（個）；下面；接著
☐	つぎ【次】	次，第二；其次，次等
☐	つぎ【次】	接二連三（地）；接連不斷（地）
☐	つく【着く】	到，到達，抵達

☐	つく【着く】	寄到；運到
☐	つく【着く】	達到；夠著
☐	つくえ【机】	桌子；書桌，書案；辦公桌；寫字台；案
☐	つくる【作る】	生育；耕種；栽培；培養；培育
☐	つくる【作る】	做；造；製造；建造；鑄造
☐	つくる【作る】	創造；寫；做（詩歌，文章等）
☐	つくる【作る】	賺得，掙下
☐	つける【点ける】	打開
☐	つける【点ける】	點（火），點燃
☐	つとめる【勤める】	工作，做事，上班；任職
☐	つとめる【勤める】	服侍；照料
☐	つまらない	無趣，没趣，没意思，無聊
☐	つまらない	没有價值，不值錢
☐	つめたい【冷たい】	（接觸時感覺溫度非常低的樣子）冷；涼
☐	つめたい【冷たい】	對對方漠不關心；冷淡；冷漠；冷遇
☐	つよい【強い】	堅硬的
☐	つよい【強い】	強壯的；強而有力的
☐	つよい【強い】	強烈的
☐	つよい【強い】	擅長的

て

☐	て【手】	手；手掌；臂，胳膊，胳臂，臂
☐	テープ【tape】	磁帶；錄音帶
☐	テープ【tape】	膠帶，窄帶，線帶，布帶，紙帶
☐	テーブル【table】	桌子，台子（桌），飯桌，餐桌
☐	テープレコーダー【taperecorder】	磁帶錄音機
☐	でかける【出掛ける】	出去，出門，走，到…去
☐	てがみ【手紙】	信，書信，函，尺牘，書札
☐	できる【出来る】	出色、有修養、有才能、成績好
☐	できる【出来る】	出產作物等
☐	できる【出来る】	形成，出現
☐	できる【出来る】	（男女）搞到一起，搞上
☐	できる【出来る】	做出，建成
☐	できる【出来る】	產，有
☐	できる【出来る】	發生
☐	でぐち【出口】	出口
☐	テスト【test】	試驗，測驗，考試，檢驗
☐	では	如果那樣，要是那樣，那麼，那麼說
☐	デパート【departmentstore】	百貨商店，百貨公司
☐	では、おげんきで【ではお元気で】	那麼，請多保重
☐	では、また	那麼，再見

☐	でも	但是，可是，不過
☐	でる【出る】	出，出去，出來
☐	でる【出る】	出來；出現
☐	でる【出る】	出發
☐	でる【出る】	刊登
☐	でる【出る】	走出，畢業
☐	でる【出る】	到達，通達
☐	でる【出る】	參加
☐	でる【出る】	提供飲料、食物
☐	でる【出る】	賣出，銷出
☐	でる【出る】	露出，突出
☐	テレビ【television 之略】	電視（機）
☐	てんき【天気】	天氣
☐	てんき【天気】	心情
☐	てんき【天気】	晴天，好天氣
☐	でんき【電気】	電，電氣；電力
☐	でんき【電気】	電燈
☐	でんしゃ【電車】	電車
☐	でんわ【電話】	電話；電話機

と

☐	と【戸】	門；（玄關的）大門；拉門；窗戶；板窗
☐	ど【度】	次數，回數
☐	ど【度】	角度
☐	ど【度】	期間
☐	ど【度】	溫度
☐	ど【度】	經度，緯度
☐	ど【度】	度數
☐	ドア【door】	門；扉
☐	トイレ【toilet】	廁所
☐	どう	怎麼，怎麼樣；如何
☐	どういたしまして	不用謝，不敢當，算不了什麼，哪兒的話呢
☐	どうして	為什麼，何故
☐	どうして	唉呀唉呀；豈止，豈料，意外，相反
☐	どうぞ	請（指示對方）
☐	どうぞ	請，可以（同意）
☐	どうぞよろしく	請多關照
☐	どうぶつ【動物】	動物，獸
☐	どうも	很（表示感謝或歉意）
☐	どうも	怎麼也
☐	どうも	實在，真
☐	どうも	總覺得，似乎，好像

☐	どうもありがとうございました	謝謝
☐	とお【十】	十，十個
☐	とお【十】	十歲
☐	とおい【遠い】	恍惚，不清
☐	とおい【遠い】	遠
☐	とおい【遠い】	遠，久遠；從前
☐	とおい【遠い】	遠，疏遠
☐	とおい【遠い】	聲音不清
☐	とおか【十日】	十天
☐	とおか【十日】	十號，十日，初十
☐	とき【時】	（某個）時候
☐	とき【時】	時期；季節
☐	とき【時】	（時間）時間
☐	とき【時】	情況，時候
☐	ときどき【時々】	偶然的
☐	とけい【時計】	鐘，錶
☐	どこ	何處，哪裡，哪兒
☐	どこ	怎麼；哪裡
☐	ところ【所】	地方，地區；當地，鄉土
☐	ところ【所】	住處，家
☐	とし【年】	年
☐	とし【年】	年代

☐	とし【年】	歲月；光陰
☐	とし【年】	歲；年齡
☐	としょかん【図書館】	圖書館
☐	どちら	哪個
☐	どちら	哪邊，哪面，哪兒
☐	とても	非常，很，挺
☐	とても	無論如何也…；怎麼也…
☐	どなた	誰，哪位
☐	となり【隣】	旁邊；隔壁；鄰室；鄰居，鄰家
☐	となり【隣】	鄰人
☐	となり【隣】	鄰邦，鄰國
☐	どの	哪個，哪
☐	とぶ【飛ぶ】	化為烏有，盡，斷
☐	とぶ【飛ぶ】	飛，飛翔，飛行；吹起，颳跑，飄飛，飄落，飛散；濺；越過，跳過
☐	とぶ【飛ぶ】	跑到很遠的地方，逃往遠方；（離題）很遠，遠離
☐	とぶ【飛ぶ】	傳播，傳開
☐	とぶ【飛ぶ】	趕快跑，快跑，飛跑
☐	とまる【止まる】	止住，止息，停頓
☐	とまる【止まる】	停止不動了，停住，停下，站住
☐	とまる【止まる】	堵塞，堵住，斷，中斷，不通，走不過去
☐	ともだち【友達】	朋友，友人
☐	どようび【土曜日】	星期六，禮拜六

☐	とり【鳥】	鳥，禽
☐	とり【鳥】	禽肉；禽類的肉，尤指雞肉
☐	とりにく【鶏肉・鳥肉】	雞肉
☐	とる【取る】	吃
☐	とる【取る】	堅持（主張）
☐	とる【取る】	拿；取，執，握，攫；把住，抓住
☐	とる【取る】	奪取，強奪，強占，吞併
☐	とる【取る】	操作，操縦
☐	とる【撮る】	攝影，攝像，照相，拍
☐	どれ	哪個，哪一個
☐	どんな	怎樣，怎麼樣；如何；哪樣的，什麼樣的

な

☐	ない【無い】	沒有，没，無
☐	ナイフ【knife】	小刀，餐刀
☐	なか【中】	中，中間；中央，當中
☐	なか【中】	中，當中
☐	なか【中】	裡邊，内部
☐	ながい【長い】	不慌不忙的，慢悠悠的，悠閒的（精神上有持續力）
☐	ながい【長い】	長久的
☐	ながい【長い】	長的，遠的

☐	**ながら**	一邊…（一）邊…，一面…一面
☐	**ながら**	照舊，如故，一如原樣
☐	**ながら**	雖然…但是卻…，盡管…卻…
☐	**なく【鳴く】**	啼，鳴叫
☐	**なくす【無くす】**	消滅，去掉
☐	**なくす【無くす】**	丟，丟失，丟掉；喪失，失掉
☐	**なぜ【何故】**	為什麼；如何；怎麼樣
☐	**なつ【夏】**	夏，夏天，夏季
☐	**なつやすみ【夏休み】**	暑假
☐	**など【等】**	等等，之類，什麼的
☐	**なな【七】**	七，七個，第七
☐	**ななつ【七つ】**	七，七個；七歲
☐	**なに・なん【何】**	什麼（表驚訝）
☐	**なに・なん【何】**	什麼（用於想詢問清楚時）
☐	**なに・なん【何】**	什麼，何；哪個
☐	**なに・なん【何】**	若干；多少；幾
☐	**なに・なん【何】**	哪裡，沒什麼
☐	**なのか【七日】**	七天，七日
☐	**なのか【七日】**	七號，七日，每月的第七天
☐	**なまえ【名前】**	（給事物取的）名，名字
☐	**なまえ【名前】**	人名；姓名
☐	**ならう【習う】**	學習；練習
☐	**ならぶ【並ぶ】**	比得上，倫比，匹敵

☐	**ならぶ【並ぶ】**	排；排成（行列），列隊
☐	**ならべる【並べる】**	一個接一個提出，擺，列舉，羅列
☐	**ならべる【並べる】**	比較
☐	**ならべる【並べる】**	排列；並排，橫排
☐	**ならべる【並べる】**	擺，陳列
☐	**なる【成る】**	到了某個階段
☐	**なる【為る】**	做好；完成
☐	**なる【成る】**	組成
☐	**なる【為る】**	變成

に		
☐	**に【二】**	二，兩個
☐	**にぎやか【×賑やか】**	極其開朗，熱鬧，熙熙攘攘，繁華，繁盛
☐	**にく【肉】**	肉
☐	**にく【肉】**	肌肉
☐	**にし【西】**	西，西方；西天，淨土
☐	**にち【日】**	天，日
☐	**にち【日】**	日本的簡稱
☐	**にち【日】**	星期天的簡稱
☐	**にち【日】**	第…天
☐	**にちようび【日曜日】**	星期天，星期日，週日，每週的第一天
☐	**にもつ【荷物】**	負擔，累贅

☐	にもつ【荷物】	貨物，行李
☐	ニュース【news】	消息，新聞；稀奇事
☐	にわ【庭】	庭院
☐	にん【人】	人
☐	にん【人】	單位量詞；名，人，個（人）

ぬ

☐	ぬぐ【脱ぐ】	脱；摘掉

ね

☐	ネクタイ【necktie】	領帶
☐	ねこ【猫】	貓
☐	ねる【寝る】	因病臥床
☐	ねる【寝る】	男女行房
☐	ねる【寝る】	睡眠
☐	ねる【寝る】	躺下；倒伏
☐	ねん【年】	年，一年

の

☐	ノート【notebook 之略】	筆記本，本子
☐	ノート【notebook 之略】	筆記；備忘錄
☐	のぼる【登る】	上，登；攀登；（溫度）上升
☐	のぼる【登る】	進京
☐	のぼる【登る】	達到，高達
☐	のみもの【飲み物】	飲料
☐	のむ【飲む】	吞下去
☐	のむ【飲む】	吞（聲）；飲（泣）
☐	のむ【飲む】	喝；咽；吃
☐	のむ【飲む】	（無可奈何地）接受
☐	のむ【飲む】	藐視，不放在眼裡；壓倒
☐	のる【乗る】	上當，受騙
☐	のる【乗る】	合拍，配合
☐	のる【乗る】	乘坐；騎；坐，上，搭乘
☐	のる【乗る】	乘勢，乘機
☐	のる【乗る】	參與，參加
☐	のる【乗る】	登，上

は

☐	は【歯】	齒，牙，牙齒
☐	パーティー【party】	（社交性或娛樂性）會，集會；茶會，舞會，晚會，聯歡會，聚餐會
☐	はい	唉；有，到，是（應答）
☐	はい	喂，好
☐	はい【杯】	酒杯
☐	はい【杯】	碗，匙，杯，桶，只
☐	はいざら【灰皿】	菸灰碟，菸灰缸
☐	はいる【入る】	出現、產生裂紋等
☐	はいる【入る】	加入（成為組織的一員）；進入；硬加入，擠入
☐	はいる【入る】	在內，歸入，有，含有（包括在其範圍內）
☐	はいる【入る】	為感官所感知
☐	はいる【入る】	得到，到手，收入，入主，變為自己所有
☐	はいる【入る】	備好茶，茶已準備好
☐	はいる【入る】	進，入（到達某時期或某階段）
☐	はいる【入る】	進，入，進入；裝入，容納，放入
☐	はいる【入る】	飲（酒）
☐	はいる【入る】	精力充沛
☐	はがき【葉書】	明信片
☐	はく【履く・穿く】	穿
☐	はこ【箱】	客車車廂
☐	はこ【箱】	箱子；盒子；匣子

☐	はし【箸】	筷子，箸
☐	はし【橋】	橋，橋梁，天橋
☐	はじまる【始まる】	犯（老毛病）
☐	はじまる【始まる】	起源，緣起
☐	はじまる【始まる】	發生，引起
☐	はじまる【始まる】	開始
☐	はじめ【初め】	最初，起初
☐	はじめ【初め】	開始；開頭
☐	はじめて【初めて】	初次，第一次
☐	はじめまして【初めまして】	初次見面
☐	はじめる【始める】	犯（老毛病）
☐	はじめる【始める】	起來，開始
☐	はじめる【始める】	開創，創辦
☐	はしる【走る】	奔流
☐	はしる【走る】	通往，通向；貫串；走向
☐	はしる【走る】	跑；逃走，逃跑
☐	はしる【走る】	傾向，偏重於
☐	バス【bus】	公共汽車
☐	バス【bathroom 之略】	（西式）浴室，洗澡間
☐	バター【butter】	奶油
☐	はたち【二十歳】	二十歲
☐	はたらく【働く】	工作；勞動，做工
☐	はたらく【働く】	活動

☐	はたらく【働く】	起作用
☐	はち【八】	八
☐	はつか【二十日】	二十天
☐	はつか【二十日】	二十號〔日〕
☐	はな【花】	花；櫻花；梅花
☐	はな【花】	（給藝人的）賞錢；（給藝妓的）酬金
☐	はな【花】	華麗，華美；光彩；精華
☐	はな【花】	黃金時代，最美好的時期
☐	はな【鼻】	鼻子
☐	はなし【話】	商談
☐	はなし【話】	傳說，傳聞
☐	はなし【話】	話題
☐	はなし【話】	說話；講話；談話
☐	はなす【話す】	說明，告訴
☐	はなす【話す】	說，講；說（某種語言）
☐	はなす【話す】	談話，商量
☐	はは【母】	母，母親
☐	はやい【早い】	早的
☐	はやい【早い】	簡單，簡便
☐	はやい【速い】	快速的
☐	はやい【速い】	急速；動作迅速
☐	はやい【速い】	敏捷的；靈活的
☐	はる【春】	青春期；極盛時期

☐	はる【春】	春，春天
☐	はる【春】	新的一年，新春
☐	はる【貼る】	釘上去
☐	はる【貼る】	黏，貼，糊
☐	はれる【晴れる】	消散；停止，消散
☐	はれる【晴れる】	晴，放晴
☐	はれる【晴れる】	暢快，愉快
☐	はん【半】	半；全部的一半
☐	はん【半】	表示中途，一半，不徹底的意思
☐	ばん【番】	看
☐	ばん【番】	班，輪班
☐	ばん【番】	第…號
☐	ばん【番】	號；盤
☐	ばん【晚】	晚，晚上；傍晚，日暮，黃昏
☐	ばん【晚】	晚飯，晚餐
☐	パン【(葡) pão】	麵包
☐	ハンカチ【handkerchief】	手帕
☐	ばんごう【番号】	號碼，號數，號頭
☐	ばんごはん【晚ご飯】	晚飯
☐	はんぶん【半分】	一半，二分之一

ひ

☐	ひがし【東】	東，東方
☐	ひき【匹】	頭，隻，條，尾；計數獸、鳥、魚、蟲等的量詞
☐	ひく【引く】	引用（詞句）；舉（例）
☐	ひく【引く】	引進（管、線），安裝（自來水等）；架設（電線等）
☐	ひく【引く】	引誘，吸引；招惹
☐	ひく【引く】	拉，曳；牽；拖；圍上，拉上
☐	ひく【引く】	抽回，收回（手、腳）
☐	ひく【引く】	查（字典）
☐	ひく【引く】	消失；退，後退；落，減退
☐	ひく【引く】	患，得
☐	ひく【引く】	減去，削減，扣除；減價
☐	ひく【引く】	畫（線）；描（眉）；製（圖
☐	ひく【引く】	塗，敷，塗上一層
☐	ひく【引く】	撤（手）；脫（身），擺脫（退出，離開，切斷關係）
☐	ひく【引く】	辭去，辭退
☐	ひく【弾く】	彈奏
☐	ひくい【低い】	（身分等）低微，低賤，微賤
☐	ひくい【低い】	（高度）低；矮
☐	ひくい【低い】	（聲音）低，小
☐	ひこうき【飛行機】	飛機

☐	**ひだり【左】**	左手
☐	**ひだり【左】**	左，左面
☐	**ひだり【左】**	左派，左傾，急進
☐	**ひと【人】**	人
☐	**ひと【人】**	人；人類
☐	**ひとつ【一つ】**	一個；一人；一歲
☐	**ひとつ【一つ】**	相同；一樣
☐	**ひとつ【一つ】**	第一；一項
☐	**ひとつき【一月】**	一個月
☐	**ひとり【一人】**	一人，一個人
☐	**ひま【暇】**	休假，假
☐	**ひま【暇】**	時間，工夫
☐	**ひま【暇】**	閒空，餘暇，閒工夫
☐	**ひま【暇】**	閒散
☐	**ひま【暇】**	解雇，辭退
☐	**ひゃく【百】**	百，一百
☐	**ひゃく【百】**	許多，好幾百
☐	**びょういん【病院】**	醫院；病院
☐	**びょうき【病気】**	病，疾病，病症，疾患
☐	**ひらがな【平仮名】**	平假名
☐	**ひる【昼】**	午飯，中飯
☐	**ひる【昼】**	白天，白晝；中午，正午
☐	**ひるごはん【昼ご飯】**	午飯

☐	**ひろい【広い】**	放開的
☐	**ひろい【広い】**	度量寬廣
☐	**ひろい【広い】**	寬闊
☐	**ひろい【広い】**	廣泛

ふ

☐	**フィルム【film】**	影片，電影
☐	**フィルム【film】**	膠卷，膠片，底片（軟片）
☐	**ふうとう【封筒】**	信封，封套
☐	**プール【pool】**	人造游泳池
☐	**フォーク【fork】**	叉子，肉叉
☐	**ふく【吹く】**	風吹，風颳
☐	**ふく【吹く】**	吹（氣）
☐	**ふく【吹く】**	草木發芽
☐	**ふく【吹く】**	鑄造
☐	**ふく【服】**	衣服，西服
☐	**ぷく【服】**	服，付，回（喝的次數）；原本唸「ふく」
☐	**ふたつ【二つ】**	兩個；兩歲
☐	**ふたつ【二つ】**	第二，二則
☐	**ぶたにく【豚肉】**	豬肉
☐	**ふたり【二人】**	二人，兩個人；一對
☐	**ふつか【二日】**	二號，二日；初二

☐	ふつか【二日】	兩天
☐	ふとい【太い】	（外圍）粗；肥胖的
☐	ふとい【太い】	無恥；不要臉；（膽子）大
☐	ふとい【太い】	（聲音）粗
☐	ふゆ【冬】	冬天
☐	ふる【降る】	事情集中而來
☐	ふる【降る】	（雨、雪等）下
☐	ふるい【古い】	不新鮮
☐	ふるい【古い】	落後，老式，舊，陳舊，陳腐，過時
☐	ふるい【古い】	舊的，年久，古老，陳舊
☐	ふろ【風呂】	洗澡
☐	ふろ【風呂】	洗澡用熱水
☐	ふろ【風呂】	澡盆；浴池
☐	ふん【分】	分（角度及貨幣的計算單位）
☐	ふん【分】	分（時間的單位）

	へ	
☐	ページ【page】	頁；書、筆記本中紙張的一面；亦指表示其順序的數字
☐	へた【下手】	不慎重，不小心，馬虎
☐	へた【下手】	笨拙（的人），不高明（的人）
☐	ベッド【bed】	床

☐	へや【部屋】	房間，屋子，…室，…間
☐	へん【辺】	一帶
☐	へん【辺】	國境
☐	へん【辺】	程度
☐	へん【辺】	數學上的邊
☐	ペン【pen】	筆，鋼筆，自來水筆
☐	べんきょう【勉強】	用功學習，用功讀書；學習知識，積累經驗
☐	べんきょう【勉強】	廉價，賤賣
☐	べんり【便利】	便利，方便；便當

	ほ	
☐	ほう【方】	（方位）方，方向
☐	ほう【方】	方面（同時存在的眾多事物中的某一方、某一邊）
☐	ぼうし【帽子】	帽子
☐	ボールペン【ballpointpen】	原子筆
☐	ほか【他】	別的，另外，其他，其餘
☐	ほか【外】	別處，別的地方，外部
☐	ポケット【pocket】	口袋，衣袋，衣兜，兜兒，兜子
☐	ポケット【pocket】	袖珍，小型
☐	ポスト【post】	地位；工作崗位，職位（地位）

□	ポスト【post】	郵筒，信筒，信箱
□	ほそい【細い】	微少（不繁盛、鮮少的樣子）；微弱
□	ほそい【細い】	細，纖細；狹窄，窄
□	ほそい【細い】	微細，低小（聲音高、但不響亮）
□	ぼたん【牡丹】	牡丹花
□	ボタン【(葡) botão／button】	按鍵
□	ボタン【(葡) botão／button】	鈕扣，扣子
□	ホテル【hotel】	賓館；飯店；旅館
□	ほん【本】	書；書本，書籍
□	ほん【本】	條，隻，支；卷；棵，根；瓶
□	ほんだな【本棚】	書架
□	ほんとう【本当】	真，真的，真正
□	ほんとう【本当】	實在，的確，真正，實際
□	ほんとうに【本当に】	真，真的，真正

	ま	
□	まい【枚】	片，張，塊，件，幅，扇，個
□	まいあさ【毎朝】	每天早晨（早上）
□	まいげつ・まいつき【毎月】	每月
□	まいしゅう【毎週】	每週，每星期，每個禮拜

☐	まいとし・まいねん【毎年】	每年
☐	まいにち【毎日】	每天，每日，天天
☐	まいばん【毎晩】	每晚，每天晚上
☐	まえ【前】	前；上，上次，上回
☐	まえ【前】	前，以前，先（比某個時刻更早）
☐	まえ【前】	前，前面，前方
☐	まえ【前】	面前；面對
☐	まえ【前】	剛好的份量
☐	まえ【前】	差，不到，不足
☐	まえ【前】	預先，事先
☐	まがる【曲がる】	（心地，性格等）歪邪，不正
☐	まがる【曲がる】	歪曲，不合道理
☐	まがる【曲がる】	傾斜
☐	まがる【曲がる】	轉彎
☐	まがる【曲がる】	曲折；彎曲
☐	まずい【不味い】	不好吃；難吃
☐	まずい【不味い】	不妙，不合適，不恰當
☐	まずい【不味い】	拙劣；笨拙；不高明，不好
☐	まずい【不味い】	醜，難看
☐	また【又】	又，再，還
☐	また【又】	也，亦
☐	また【又】	另，別，他，改

☐	まだ【未だ】	才，僅，不過
☐	まだ【未だ】	尚，還，未，仍
☐	まち【町】	鎮（地方行政劃分單位）；町（市或區中的小區域）
☐	まつ【待つ】	期待；盼望
☐	まつ【待つ】	等候；等待
☐	まっすぐ【真っ直ぐ】	正直，耿直，坦率，直率
☐	まっすぐ【真っ直ぐ】	直接，一直，照直；中途不繞道
☐	まっすぐ【真っ直ぐ】	筆直，平直，直線的，一點也不彎曲的
☐	マッチ【match】	比賽，競賽
☐	マッチ【match】	火柴，洋火
☐	マッチ【match】	調和，適稱，相稱；般配，諧調
☐	まど【窓】	窗，窗子，窗户
☐	まるい【丸い・円い】	胖，豐滿
☐	まるい【丸い・円い】	圓的，圓滑；呈曲線，没有稜角
☐	まるい【丸い・円い】	圓滿，妥善；安祥，和藹
☐	まん【万】	（數量）萬
☐	まん【万】	數量多
☐	まんねんひつ【万年筆】	金筆，鋼筆；自來水筆

み

☐	みがく【磨く】	使乾淨漂亮；打扮
☐	みがく【磨く】	刷（淨）；擦（亮）
☐	みがく【磨く】	研磨；琢磨；推敲
☐	みぎ【右】	右；右方；上文，前文
☐	みぎ【右】	右傾
☐	みぎ【右】	勝過；比…強
☐	みじかい【短い】	低，矮
☐	みじかい【短い】	見識、目光等短淺
☐	みじかい【短い】	性急的，急性子的
☐	みじかい【短い】	（經過的時間）短少；（距離、長度）短，近，小
☐	みず【水】	水；涼水，冷水；液；汁
☐	みず【水】	洪水
☐	みせ【店】	商店，店舖
☐	みせる【見せる】	給…看；讓…看；表示，顯示
☐	みせる【見せる】	裝做…樣給人看；假裝
☐	みち【道】	方法；手段
☐	みち【道】	專門
☐	みち【道】	道義；道德
☐	みち【道】	道路
☐	みっか【三日】	三天
☐	みっか【三日】	三號，三日，初三

☐	みっつ【三つ】	三個；三歲
☐	みどり【緑】	綠色，翠綠
☐	みどり【緑】	樹的嫩芽；松樹的嫩葉
☐	みなさん【皆さん】	大家，諸位，各位；先生們，女士們，朋友們，青年們，小朋友們
☐	みなみ【南】	南方
☐	みみ【耳】	耳，耳朵
☐	みみ【耳】	聽覺，聽力
☐	みる【見る】	查看，觀察
☐	みる【見る】	體驗，經驗
☐	みる【見る】	看，瞧，觀看
☐	みる【見る】	照顧
☐	みる【見る】	試試看
☐	みんな	全，都，皆，一切
☐	みんな	全體，大家

	む	
☐	むいか【六日】	六日，六天；一日的六倍的天數
☐	むいか【六日】	六號，六日；一個月裡的第六天
☐	むこう【向こう】	另一側，另一邊
☐	むこう【向こう】	那邊，那兒
☐	むこう【向こう】	前面，正面，對面（前方）；正對面

☐	むこう【向こう】	從現在起，從今以後，今後
☐	むこう【向こう】	對方
☐	むずかしい【難しい】	心緒不好，不痛快，不高興
☐	むずかしい【難しい】	（病）難以治好，不好治；麻煩，複雜
☐	むずかしい【難しい】	愛挑剔，愛提意見，好抱怨；不好對付；脾氣別扭的人
☐	むずかしい【難しい】	難解決的，難達成一致的，難備齊的
☐	むずかしい【難しい】	難，難懂，費解，艱澀，晦澀；難辦，難解決
☐	むっつ【六つ】	六，六個；六歲

め

☐	め【目】	外表，外觀
☐	め【目】	（表示順序）第…
☐	め【目】	眼力；識別力；見識
☐	め【目】	眼，眼睛；眼珠，眼球
☐	め【目】	（網、紡織品、棋盤等的）眼，孔；格，格子
☐	メートル【（法）mètre】	公尺，米
☐	めがね【眼鏡】	眼鏡

も

☐	もう	已經，已
☐	もう	用以強調感情，加強語氣
☐	もう	再，還，另外
☐	もう	馬上就要，快要
☐	もうす【申す】	說；講，告訴，叫做
☐	もくようび【木曜日】	星期四
☐	もしもし	喂（用於叫住對方）；喂（用於電話中）
☐	もつ【持つ】	有，持有；設有，具有；擁有；納為己有
☐	もつ【持つ】	抱有，懷有
☐	もつ【持つ】	持，拿（用手拿，握在手中）
☐	もつ【持つ】	負擔；擔負，承擔
☐	もつ【持つ】	帶，攜帶，帶在身上
☐	もっと	再稍微，再…一點
☐	もっと	更，更加
☐	もっと	程度再更進一步
☐	もの【物】	物，東西，物品（物質）；事物，事情；…的
☐	もの【物】	…的，所有物
☐	もの【物】	產品（製品）；作品；…做的
☐	もん【門】	門（大砲的計算單位）
☐	もん【門】	門，門前，門外，門口
☐	もん【門】	家族，家庭（家）

☐	**もんだい【問題】**	引人注目，受世人關注；應為大眾檢討、撻伐的問題
☐	**もんだい【問題】**	問題，事項；需要處理（研究，討論，解決）的事項（問題）
☐	**もんだい【問題】**	問題，麻煩事
☐	**もんだい【問題】**	問題，試題

や		
☐	**や【屋】**	房屋，房子，房頂，屋脊
☐	**や【屋】**	表示有某種性格或特徵的人
☐	**やおや【八百屋】**	菜舖，蔬菜店，蔬菜水果商店；蔬菜商
☐	**やさい【野菜】**	菜，蔬菜，青菜
☐	**やさしい【易しい】**	易懂的，簡易的
☐	**やさしい【易しい】**	容易
☐	**やすい【安い】**	安心
☐	**やすい【安い】**	低廉
☐	**やすみ【休み】**	休息
☐	**やすみ【休み】**	休假
☐	**やすみ【休み】**	缺勤
☐	**やすみ【休み】**	睡覺
☐	**やすむ【休む】**	休息，中止工作、動作等，使身心得到放鬆
☐	**やすむ【休む】**	缺勤，缺席
☐	**やすむ【休む】**	停歇，暫停

☐	やすむ【休む】	睡，臥，安歇，就寢
☐	やっつ【八つ】	八，八個；八歲
☐	やま【山】	山
☐	やま【山】	高潮，關鍵，頂點
☐	やま【山】	堆，一大堆，堆積如山
☐	やる	吃，喝
☐	やる	使…去，讓…去；打發；派遣
☐	やる	做，幹，進行
☐	やる	朝向某處
☐	やる	給予

	ゆ	
☐	ゆうがた【夕方】	傍晚，黃昏
☐	ゆうはん【夕飯】	晚飯，晚餐，傍晚吃的飯
☐	ゆうべ【夕べ】	昨晚，昨夜
☐	ゆうべ【夕べ】	傍晚
☐	ゆうめい【有名】	有名，著名，聞名
☐	ゆき【雪】	雪
☐	ゆき【雪】	雪白，潔白
☐	ゆっくり	充裕，充分，有餘地
☐	ゆっくり	舒適，安靜，安適
☐	ゆっくり	慢慢，不著急，安安穩穩

	よ	
☐	**ようか【八日】**	八天
☐	**ようか【八日】**	（每月的）八日，八號
☐	**ようふく【洋服】**	西服，西裝
☐	**よく**	表達困難的情況下也完成了，竟然
☐	**よく**	常常地；動不動就，頻率高
☐	**よく**	善於，做得好；仔細；充分地；熱情地；好好地，很好地
☐	**よこ【横】**	歪；斜
☐	**よこ【横】**	旁邊
☐	**よこ【横】**	躺下；橫臥
☐	**よこ【横】**	橫；顏面
☐	**よっか【四日】**	四天
☐	**よっか【四日】**	（每月的）四日，四號
☐	**よっつ【四つ】**	四，四個；四歲
☐	**よぶ【呼ぶ】**	吸引，引起
☐	**よぶ【呼ぶ】**	招呼，呼喚，呼喊；叫來，喚來
☐	**よぶ【呼ぶ】**	招待，邀請
☐	**よむ【読む】**	念，讀；誦，朗讀
☐	**よむ【読む】**	看，閱讀
☐	**よむ【読む】**	數；計算；圍棋、將棋賽中，思考下一步的路數
☐	**よむ【読む】**	體察，忖度，揣摩，理解，看懂
☐	**よる【夜】**	夜，夜間

☐	よわい【弱い】	不擅長，搞不好；經不起
☐	よわい【弱い】	弱；軟弱；淺
☐	よわい【弱い】	脆弱，不結實，不耐久
☐	よん【四】	四（數字）

ら

☐	らいげつ【来月】	下月，下個月，這個月的下一個月
☐	らいしゅう【来週】	下週，下星期
☐	らいねん【来年】	明年，來年
☐	ラジオ【radio】	廣播，無線電，無線電收音機

り

☐	りっぱ【立派】	壯麗，宏偉，盛大；莊嚴，堂堂
☐	りっぱ【立派】	高雅，高尚，崇高
☐	りっぱ【立派】	漂亮，美觀，美麗，華麗
☐	りっぱ【立派】	優秀，出色，傑出，卓越
☐	りゅうがくせい【留学生】	留學生
☐	りょうしん【両親】	雙親，父母
☐	りょうり【料理】	料理，處理
☐	りょうり【料理】	烹調，烹飪
☐	りょこう【旅行】	旅行，旅遊，遊歷

れ

☐	れい【零】	零（數字）
☐	れいぞうこ【冷蔵庫】	冰箱，冷庫，冷藏室
☐	レコード【record】	成績，記錄；最高記錄
☐	レコード【record】	唱片
☐	レストラン【（法）restaurant】	餐廳，西餐館
☐	れんしゅう【練習】	練習，反覆學習

ろ

☐	ろく【六】	六，六個

わ

☐	ワイシャツ【whiteshirt】	襯衫，西服襯衫
☐	わかい【若い】	幼稚；未成熟；不夠老練
☐	わかい【若い】	（年紀）小，年齡、數字很小
☐	わかい【若い】	年輕
☐	わかい【若い】	血氣方剛、朝氣蓬勃的樣子
☐	わかる【分かる】	知道，清楚
☐	わかる【分かる】	理解，懂得

☐	わかる【分かる】	通情達理，通曉世故
☐	わすれる【忘れる】	忘掉；忘卻，忘懷
☐	わすれる【忘れる】	遺忘，遺失
☐	わたす【渡す】	交，付；給，交給；交付
☐	わたす【渡す】	架，搭
☐	わたす【渡す】	渡，送過河
☐	わたす【渡す】	遍及
☐	わたる【渡る】	到手，歸…所有
☐	わたる【渡る】	渡世，過日子
☐	わたる【渡る】	渡，過
☐	わたる【渡る】	遷徙
☐	わるい【悪い】	不好意思，對不住
☐	わるい【悪い】	不佳，不舒暢，無法有好感；不適合，不方便；壞，腐敗
☐	わるい【悪い】	環，不好；惡性；惡劣；有害；不吉利，不吉祥

索引

さくいん
index

か

QR日檢記憶館 01

■ 發行人╱**林德勝**

■ 著者╱**吉松由美、田中陽子、西村惠子、林勝田、山田社日檢題庫小組**

■ 出版發行╱**山田社文化事業有限公司**
　地址　臺北市大安區安和路一段112巷17號7樓
　電話　02-2755-7622
　傳真　02-2700-1887

■ 郵政劃撥╱**19867160號　大原文化事業有限公司**

■ 總經銷╱**聯合發行股份有限公司**
　地址　新北市新店區寶橋路235巷6弄6號2樓
　電話　02-2917-8022
　傳真　02-2915-6275

■ 印刷╱**上鎰數位科技印刷有限公司**

■ 法律顧問╱**林長振法律事務所　林長振律師**

■ 書＋QR碼╱**定價　新台幣439元**

■ 初版╱**2023年10月**

ISBN：978-986-246-786-2
© 2023, Shan Tian She Culture Co., Ltd.

STS

山田社